内 容 简 介

这是一本专门为提高男生“神奇魔力”而精心设计的书。书中精选了男生必备的生活常识和技能，如手工制作、另类厨艺等，同时还包括魔法游戏、乐事无限、悬疑侦破、神奇故事等，着重培养男生的思维能力、动手能力和勇敢探索精神。本书最大的特点是学习与生活密切联系，休闲与益智巧妙结合。此外，本书形式多样，图文并茂，具有强烈的视觉性、趣味性和时尚性。

本书在编排顺序和目录设计上保留了原版图书的风格，以方便读者阅读和欣赏。

Jo Bourne，Matthew Rake，Lyn Stone：The Boys' Annual 2010

项目合作：锐拓传媒 copyright @ rightol.com

版权贸易合同登记号 图字：01-2011-1881

图书在版编目(CIP)数据

魔力男生：男子汉品质修炼宝典/(英)伯恩(Bourne, J.)，(英)瑞克(Rake, M.)著；(英)斯通(Stone, L.)绘；赵丹妮译.—北京：电子工业出版社，2011.4

ISBN 978-7-121-13244-5

Ⅰ.①魔… Ⅱ.①伯… ②瑞… ③斯… ④赵… Ⅲ.①男性－修养－青年读物 ②男性－修养－少年读物 Ⅳ.①B825-49

中国版本图书馆CIP数据核字(2011)第056439号

策划编辑：刘 荣
责任编辑：徐云鹏 文字编辑：韩奇桅
印 刷：
装 订：北京市大天乐印刷有限责任公司
出版发行：电子工业出版社
北京市海淀区万寿路173信箱 邮编 100036
开 本：880×1230 1/16 印张：3.75 字数：96千字
印 次：2011年5月第1次印刷
定 价：22.00元

凡所购买电子工业出版社图书有缺损问题，请向购买书店调换。若书店售缺，请与本社发行部联系。联系及邮购电话：（010）88254888。

质量投诉请发邮件至zlts@phei.com.cn，盗版侵权举报请发邮件至dbqq@phei.com.cn。

服务热线：（010）88258888。

魔力男生

——男子汉品质修炼宝典

［英］Jo Bourne　Matthew Rake ◎著
［英］Lyn Stone ◎绘
赵丹妮 ◎译

電子工業出版社
Publishing House of Electronics Industry
北京 • BEIJING

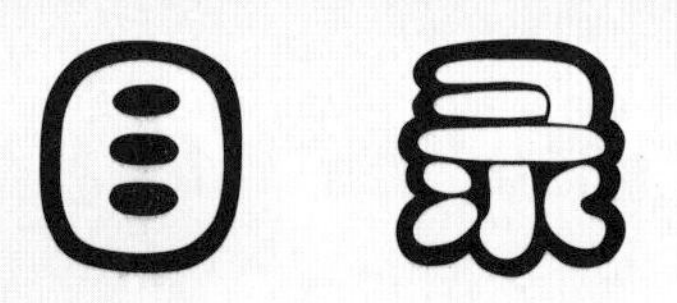

目录

神奇故事

另类厨艺

乐事无限

你知道吗?

魔法游戏

悬疑侦破

幽默一刻

思维训练

玩转手工

你能逃过海盗的金科玉律吗？

噢……我的心肝！你已经被海盗们绑架，并困在海盗船上了。你能凭借你作为水手的魅力而免受皮肉之苦吗？或者你能完全按照海盗的规矩办事吗？

1. 船长要求你向朱力•罗杰（海盗旗名）敬礼。你会怎么做？

A）向船长敬礼。

B）向海盗旗敬礼。

C）向大副敬礼（他看起来是个不错的家伙）。

2. 你被海盗们命令去刷洗船尾甲板，连接上主转帆索，然后快速跑到舱底。你会怎样做？

A）刷洗船长住所上面的甲板，修补索具，然后迅速跑到船底。

B）刷净船长的厕所，在绳索上喷洒盐和胡椒，然后跑到船尾。

C）将海水灌入船员的卫生间，将大副绑在桅杆上，然后跑向你能找到的臭味最大的船员。

3. 大副让你吃虫蛀的饼干。这是海盗们对你的特殊招待。你该怎么做？

A）对他说“不需要，谢谢，我是一个素食者。”

B）全部吃光，因为你不敢冒犯大副。

C）只咬一小口，然后分散大副的注意力，将剩下的饼干藏到口袋里，以备日后贿赂大副的猴子。

4. 你被海盗们命令爬到桅杆顶上的乌鸦巢上。当你到那之后，你要怎么做？

A）拿鸟蛋给船长做午餐。

B）注视着乌鸦和海鸥。

C）观察有没有其他船只。

你知道吗？

- “朱力•罗杰”是海盗旗的名字。
- “船尾甲板”在船长舱的上面，位于船的尾部。
- “主转帆索”是索具中最粗的部分，它由绳子组成。如果这部分损坏，就必须将它们重新拼接起来，也就意味着需要修补绳子。
- “船底”是指船体最下层的部分，也是船上最脏的地方。

5. 另一艘海盗船来攻击，海盗们都跑到甲板上组织反抗。你手中没有武器，你会怎么办？

A）躲起来，不参加战斗。如果另一艘船赢了，你就加入他们。因为对你来说，已没必要再和一群俘虏待在一起。

B）藏到船底——毕竟你不想受到伤害。

C）用任何可以随手找到的东西，比如：朗姆酒瓶、大副的猴子，甚至船长的鹦鹉，努力帮忙反击。

6. 你们的船赢了这场战斗，抓获了许多俘虏，高唱胜利曲，摔了无数朗姆酒瓶，现在船员们都在打着呼噜。此时你看到俘虏中有个男子解开了绑着他的绳子，并且找到了一只小船，要划向他原来的那艘海盗船，你该怎么办？

A）把船长叫醒，因为在你的看管下，不会让任何一个俘虏逃走。

B）跟着他，并说服他把你带到最近的海岸。

C）跟着他悄悄逃离这艘船，一旦你安全上到另一艘船，你就有可能成为那艘船的船长。

现在把你所得的分数加起来：

1. A=2 B=3 C=1
2. A=3 B=2 C=1
3. A=1 B=2 C=3
4. A=1 B=2 C=3
5. A=3 B=1 C=2
6. A=2 B=1 C=3

翻到第58页看看你是否能成为一名合格的海盗。

跟海盗学说话

每年的9月19日是国际“学海盗说话日”，在一整天里，你必须学着像海盗一样说话。用这种近乎挑衅的方式与人交谈，可以拉近人与人之间的距离，反映出内心的真实想法。如果你已经“立志”要成为一名“海盗”，下面就教你一些关键词语。如果你对这些词语表示怀疑，那就随你决定喽！

“你好！”——“噢，我的心肝！”
“是”——“哎呀，哎呀”
“停下”或“嗨”——“停住”
表示惊讶——“我的骨头要散架啦！”
“赶快！”——“放聪明点！”

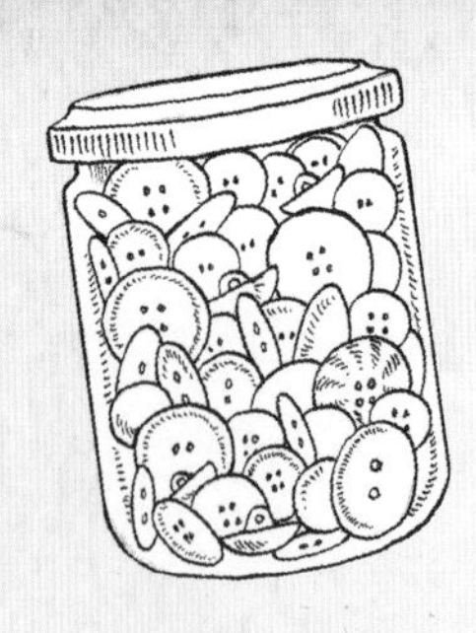

藏起你的小秘密

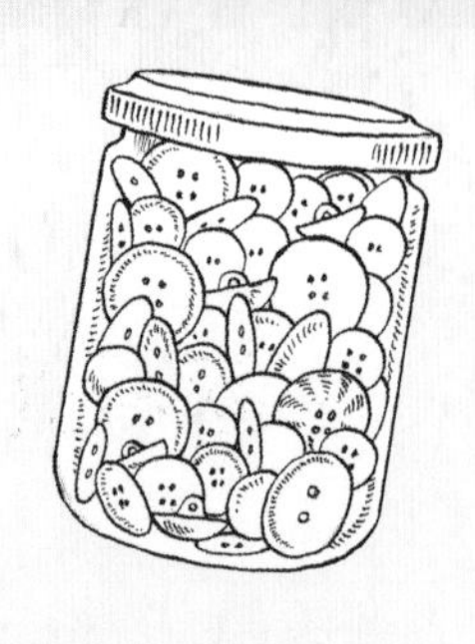

你是不是总会有什么东西想要藏起来，不想让别人看到？下面就教你自制两种贮藏秘密的小制作，它们能让你的秘密轻松躲过经常窥探的父母、毛手毛脚的兄弟和鬼鬼祟祟的姐妹。

秘密贮藏盒

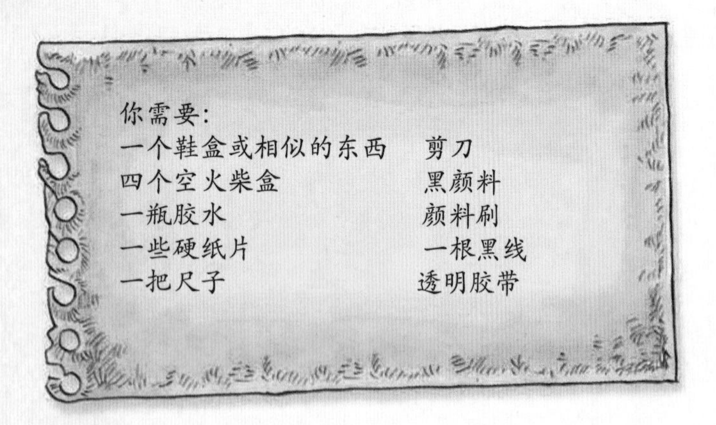

第一步

打开鞋盒，在盒子底部的四个角各粘一个火柴盒。

第二步

测量一下鞋盒底部的长和宽，然后剪一块硬纸片，尺寸要正好能够放进鞋盒，把它放在火柴盒上。

第三步

把盒子内部和那张硬纸片都刷成黑色，然后晾干。

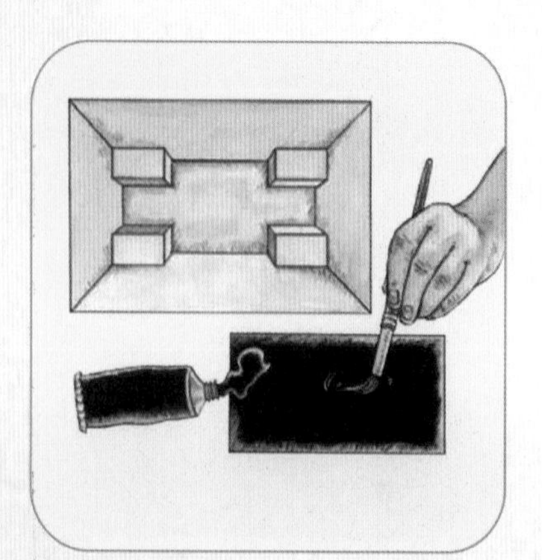

在火柴盒的两侧抹上胶水粘到鞋盒上，鞋盒底部就会出现一个4厘米高的空间。

第四步

剪一根相当于盒子长度1.5倍的黑线，把黑线的一端粘贴到那张刷黑的硬纸片的下方，尽量在靠两边中间的位置粘贴（见下图）。然后，用相同的方法再粘贴黑线的另一端。

第五步

提起那根黑线，把做好的假鞋盒底层（即刷黑的硬纸片）放到鞋盒中的火柴盒上面，秘密的贮藏空间就形成了。你可以提起黑线并取出假鞋盒的“底层”，黑线隐藏得很好，几乎看不到。

在假鞋盒底层的上面放些东西，以便让你的秘密空间隐藏得更好。

秘密贮藏罐

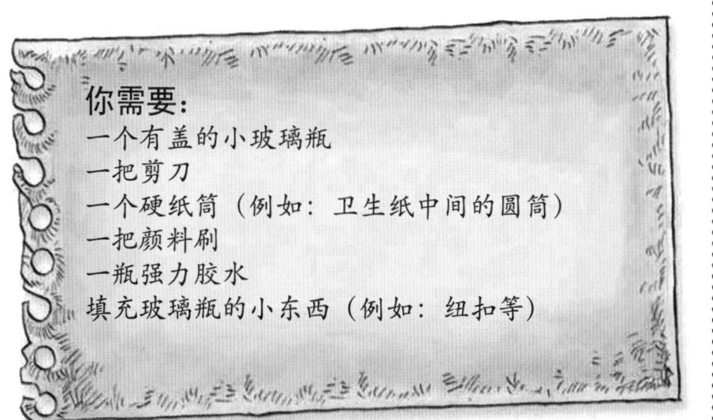

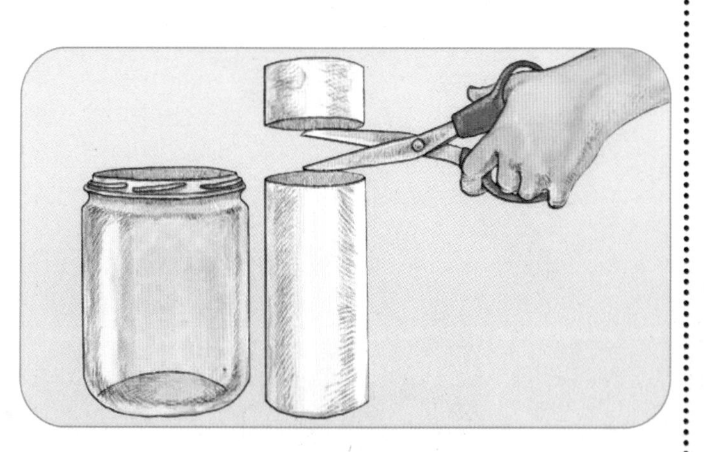

第一步

把圆纸筒剪掉一截，让留下的那部分比玻璃瓶内部稍微矮一点点。

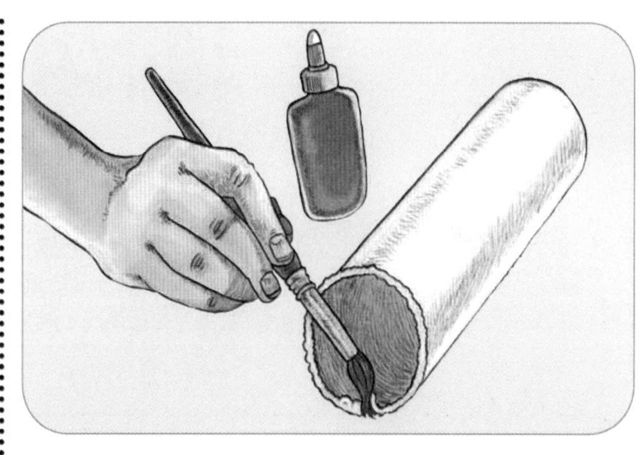

第二步

用刷子在圆纸筒一侧刷上适量的胶水。

第三步

将圆纸筒轻轻放入玻璃瓶中，刷有胶水的一面朝下，然后压牢，固定在玻璃瓶中间的位置，晾干。

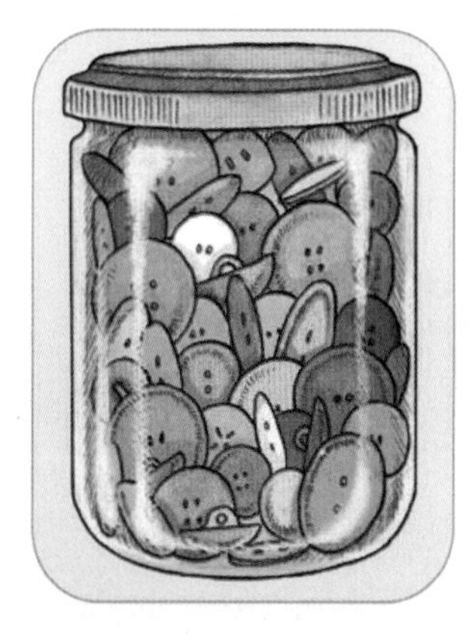

第四步

在玻璃瓶和圆纸筒的夹层中填充一些物品，这样，圆筒中间就成为了你隐藏秘密的空间，别人看不到，也发现不了。填充物可以是纽扣、曲别针、螺母、螺栓或任何你觉得不起眼的东西。

第五步

把你的秘密藏在中间的圆筒中，然后把瓶盖盖上，这样你的小秘密就安全了。

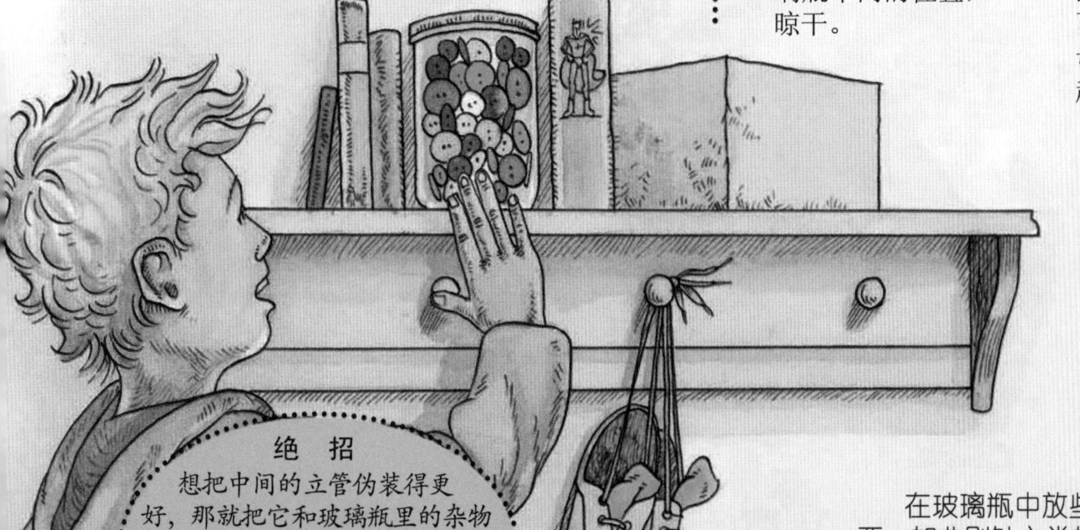

绝　招

想把中间的立管伪装得更好，那就把它和玻璃瓶里的杂物刷成一样的颜色。例如：如果你存放了螺母、螺栓之类的东西，那么你就把立管的外壁刷成银灰色。

在玻璃瓶中放些不起眼的东西，如曲别针之类的，这样就没人愿意打开这个玻璃瓶了。

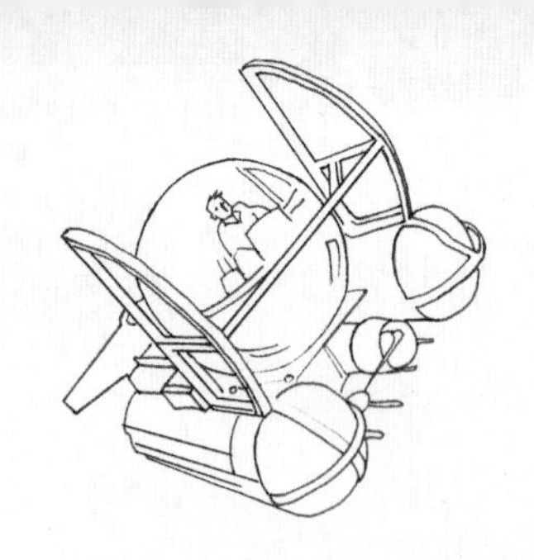

深海拾零

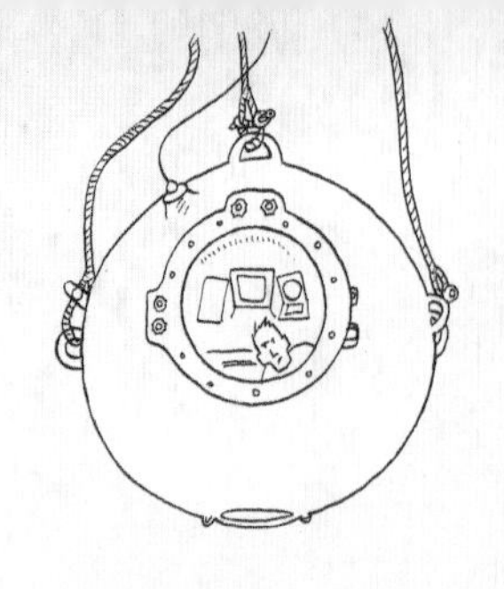

仔细看看图中有多少种深海生物，并找出第10页和第11页两幅图中的10个不同之处，答案见第58页。当你潜水时，你需要准备一个迷你潜水艇，它可以带你去你想去的深海探险。否则，作为一个潜水员，当你潜入深海时，你会被上层海水的压力压得透不过气来。

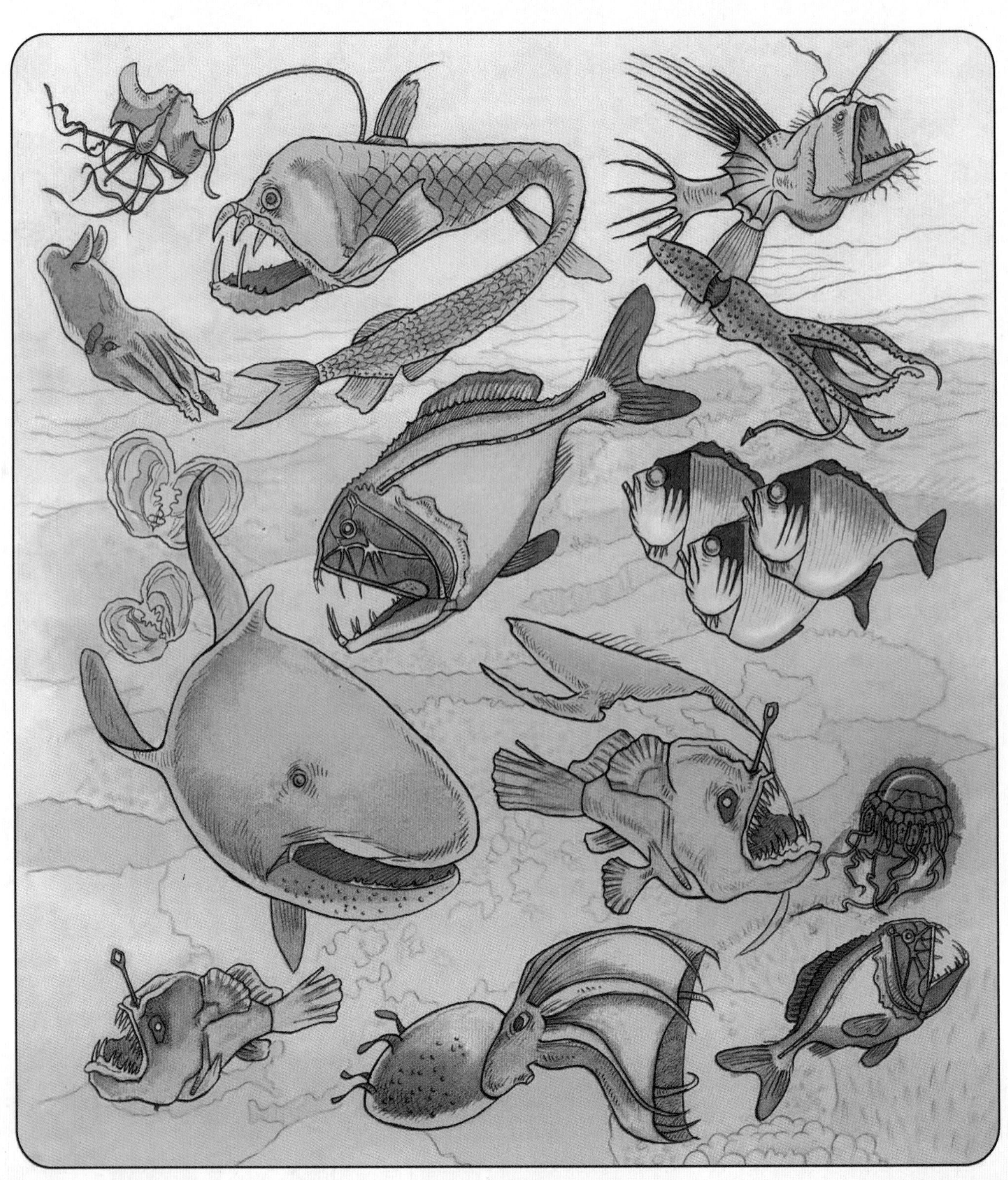

你能将下列有关深海鱼的文字描述与图中相对应的插图搭配吗？答案见第58页。

1. 体型较大，长着巨大的嘴，并且嘴唇像橡皮一样厚的鲨鱼。

2. 有毒的，圆脑袋的水母。

3. 多腿的，粉红色的深海鱿鱼。

4. 扁平的、身体闪亮的尖脸鱼。

5. 长着尖牙，银紫色的蝰鱼。

6. 黄色、长须的琵琶鱼。

滑板救援队
仅剩三周，滑板冠军杯赛就要举行了。库尔特、哈利、乔希和比尔在加紧训练。他们每天都去一个废弃的汽车修理厂训练独门绝技。
我们需要不停地练习，但哈利却总做一些简单的动作。
我们是最棒的，一定能拿冠军。
看，库尔特。那是霍莉和卓思林先生。
我真不知道他们来这儿干吗?
爸爸带来了一个坏消息……
很抱歉，孩子们。我已经把这个修理厂卖了。下周签合同，同时这里将被封闭，新的买家不希望你们在这里练习了。

第二天在学校……
我们现在怎么办?
我们需要另找一个地方继续练习。否则，我们肯定与冠军无缘。
那我们就去找找看，或许桥下可以练习。

在桥下……
嗨，小伙子们，你们不能在这里玩。这里禁止游戏。
在购物中心……
对不起，伙计们。昨晚这里发生了一起抢劫案，并且丢失了大量现金。警察要求保护现场，所以你们最好离远点。
唉，真是倒霉！
看，霍莉在那儿。她在哭。
我们只能在修理厂再练最后两天了。
我们的动作再也无法整合了。

我的狗丢了，它叫马吉。它跑了。我一直不停地找它，叫它。
别担心，霍莉。我们帮你找。
伙计们，快来。我们分开找，扩大寻找范围。
我去修理厂附近看看。
马吉！

马吉！
汪，汪。
嗨，伙计们。它在这儿。

别害怕，马吉。我来救你啦。
汪，汪。
库尔特，拿着我的手电筒。

啊！马吉已经生小狗了，周围怎么还有那么多钱？
伙计们，我已经找到那些丢失的钱了，我们最好赶快报警。

我不知道我该怎样感谢你们。如果没有马吉，我不敢想象我的生活会怎样。

我们也要感谢你们这几个男孩。
下星期我不会签那个合同了。这样你们就能一直在修理厂练习了，直到你们参加比赛。
有了钞票上的指纹，我们就能立刻抓到罪犯。

在滑板冠军杯赛上……
为了奖励你们这些冠军得主们，我们决定在小区中心修建一个新的滑板公园，下星期开始动工。
哇，太棒了，我们赢了！
来自库尔特、哈利、乔希和比尔的精彩组合。

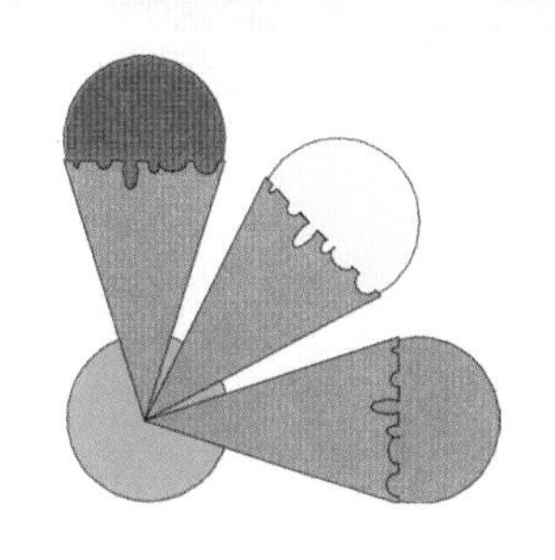

超级迷宫

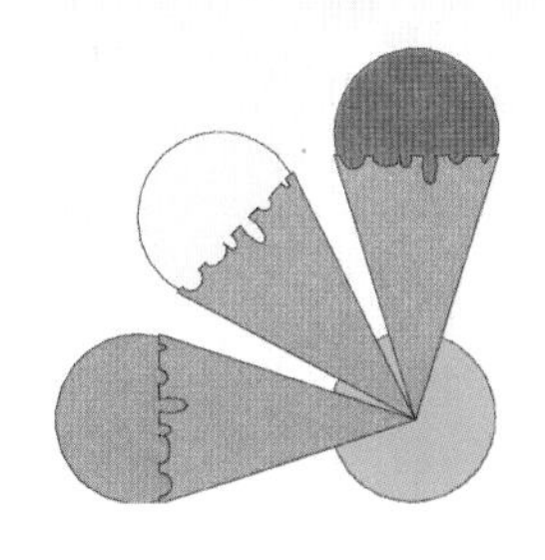

你能在滑板公园找到正确路线，走出迷宫，成为获胜者吗？你需要从下图的“起点”处开始，在“终点”处结束。答案见第58页。

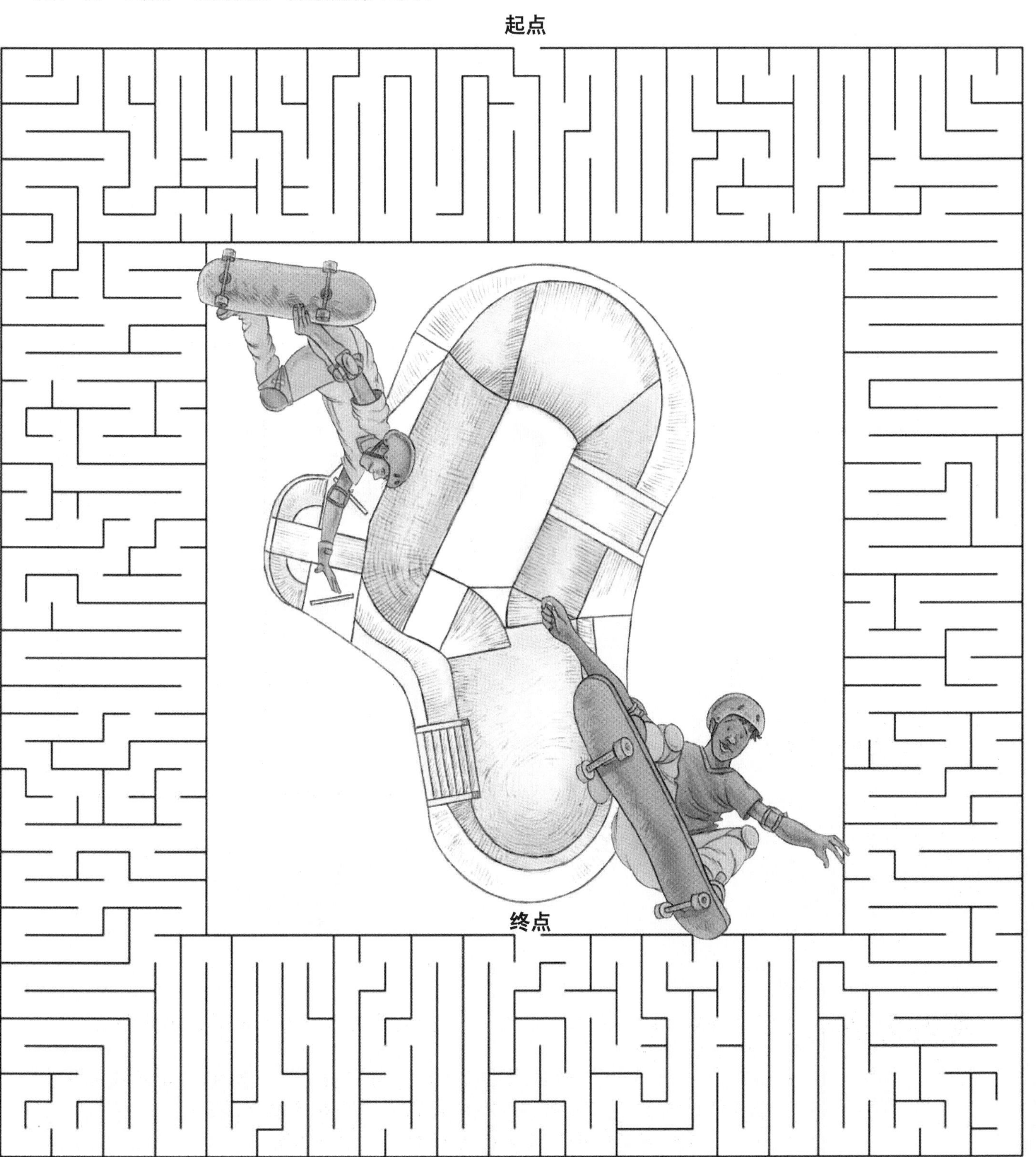

数独竞技

数独游戏是一种新奇的数字游戏，起源于日本。玩这种数字游戏，你无须擅长数学，你只需要运用你的逻辑思维。让我们来活跃一下大脑，看看自己水平如何。答案见第59页。

规则简单

下图就是数独游戏的表格，表格内已经有一些数字，剩余的空格需要填上数字。你需要做的就是把“1”、“2”、“3”、“4”这四个数字填进去，要求是每个数字在横行或竖列中只能出现一次。其中一竖列已涂成红色，一横行已涂成蓝色，正方形已涂成黄色。

3		4	
2			
			4
4		3	1

绝 招

1. 寻找横行、竖列和小正形中数字最多的地方，先把那里的数字填完。

2. 寻找使用次数最多的数字，然后看它可以用在哪个空格中。切记，一个数字只可以在一个竖列、一个横行和一个小正方形内出现一次。

初级

提示：在右下角的正方形中已经有三个数字，所以只须填上第四个数字即可。现在从左往右数第三列和第三行的交叉处缺一个数字，填上所缺的数字“2”。左上角的正方形缺两个数字“1”和“4”，而第一行中已经有一个数字“4”，那么第一行的小方框中就不能再填数字“4”。现在你可以继续了吗？

3		4	
2			
			4
4		3	1

记录再次游戏的时间，这样你就会发现你的速度越来越快。

你知道吗？

- 数独游戏于1979 年由一名叫霍华德•戛恩斯的美国人发明。他给游戏起名叫“摆数字”。
- 一个名叫“Nikoli ”的日本公司于1986 年开始出版这样的数字游戏，公司给游戏起名叫“数独”，在日文中是单个数字的意思。
- 第一届世界数独冠军杯赛于2006 年在意大利举行。

中级

提示：从左向右第一和第四竖列已经各有两个数字，把这两列所缺数字填完，你就可以继续玩下去了。祝你好运！

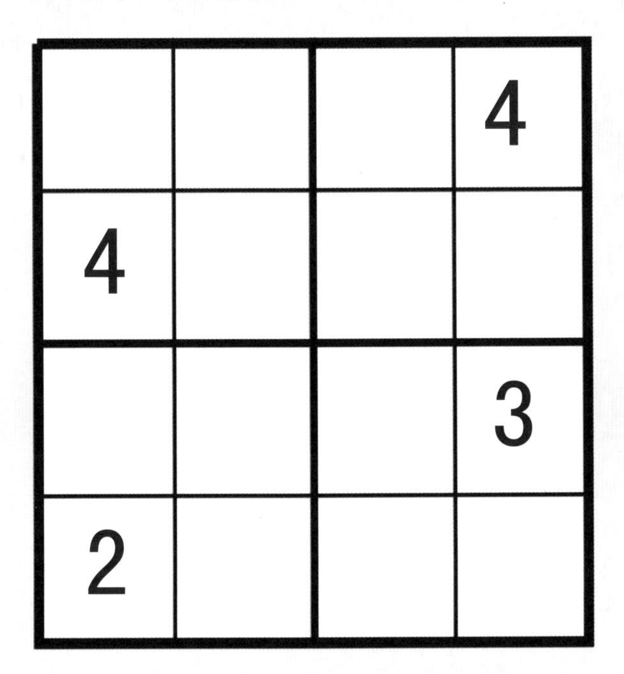

杀手级

提示：天哪！每一个竖列、横行和小正方形中都只有一个数字。然而，数字“4”出现了两次，因此，看看剩下的两个“4”可以填在哪里？

		4	
1			
			4
	3		

昆虫数独游戏

这个游戏肯定会让你感觉恶心，因为数字已经被蜻蜓、蚂蚁、苍蝇和瓢虫代替。然而，游戏的规则是相同的，每一个竖列、横行和小正方形中的昆虫只能出现一次。

提示：

从左上角的正方形开始填，这里需要一只苍蝇和一只瓢虫，而在第二行中已经有一只苍蝇。

机 密

外星人真的存在吗？

一些科学家认为在宇宙中或许还有别的生物存在，并且四百万美国人都认为他们遇到过外星人。这是真的吗？

神秘之光

几个世纪以来，不断有人看到天空中有神秘的亮光。在中世纪，人们认为那是龙在呼吸时从鼻孔里喷出的火焰。

1947年之前，没人将这种无法解释的亮光称为“飞碟”。直到这一年，民航机飞行员肯尼恩•阿诺德在美国西北部搜寻一架莫名其妙失踪的飞机的时候，他汇报说看到九个闪闪发亮的碟状飞行物排成一个方队在他的头上高速掠过。一份报纸报道了他的传奇经历，还配上了碟状飞行物的插图。

这则报道极具吸引力。很快，越来越多的人，其中不乏一些飞行员，都指出自己也曾经见过奇怪的飞行物。基于此，美国空军将这些奇怪的飞行物命名为“Unidentified Flying Objects（不明飞行物）”，取这三个单词的第一个字母组成它的缩写就是UFO。这种飞行物的出现用科学知识和一般常识无法解释。一本名为《真相》的科学杂志推论出“UFO”可能是来自太空的宇宙飞船，它由来自另一个世界的生物所驾驶，这种解释成为公众最可接受的观点。

天外来客

人们开始自告奋勇地说自己曾经见过外星人，还曾经被带上“UFO”，虽然有时完全出于被迫。但是至今也没有找到足够的证据表明他们说的都是真的。

同年，也就是1947年，在新墨西哥州的罗斯韦尔郊外的沙漠中发现了一些奇怪的碎片。官方报道称那是一个气象热气球的残骸。然而，许多人仍然相信那是UFO，还说里面发现有外星人，甚至外星人被科学家带走去做研究。这些外星人被命名为“灰色”，据说外表看起来有点像电影《ET外星人》中那个可爱的外星人ET。现在，对于天空中那些奇怪的亮光有了更科学的解释，它们很可能就是球状闪电（跟普通闪电一样，只不过是球状而已）、流星（来自彗星的灰尘在穿过地球大气层时燃烧而发出的亮光）、发着白光的金星，或者气象热气球。

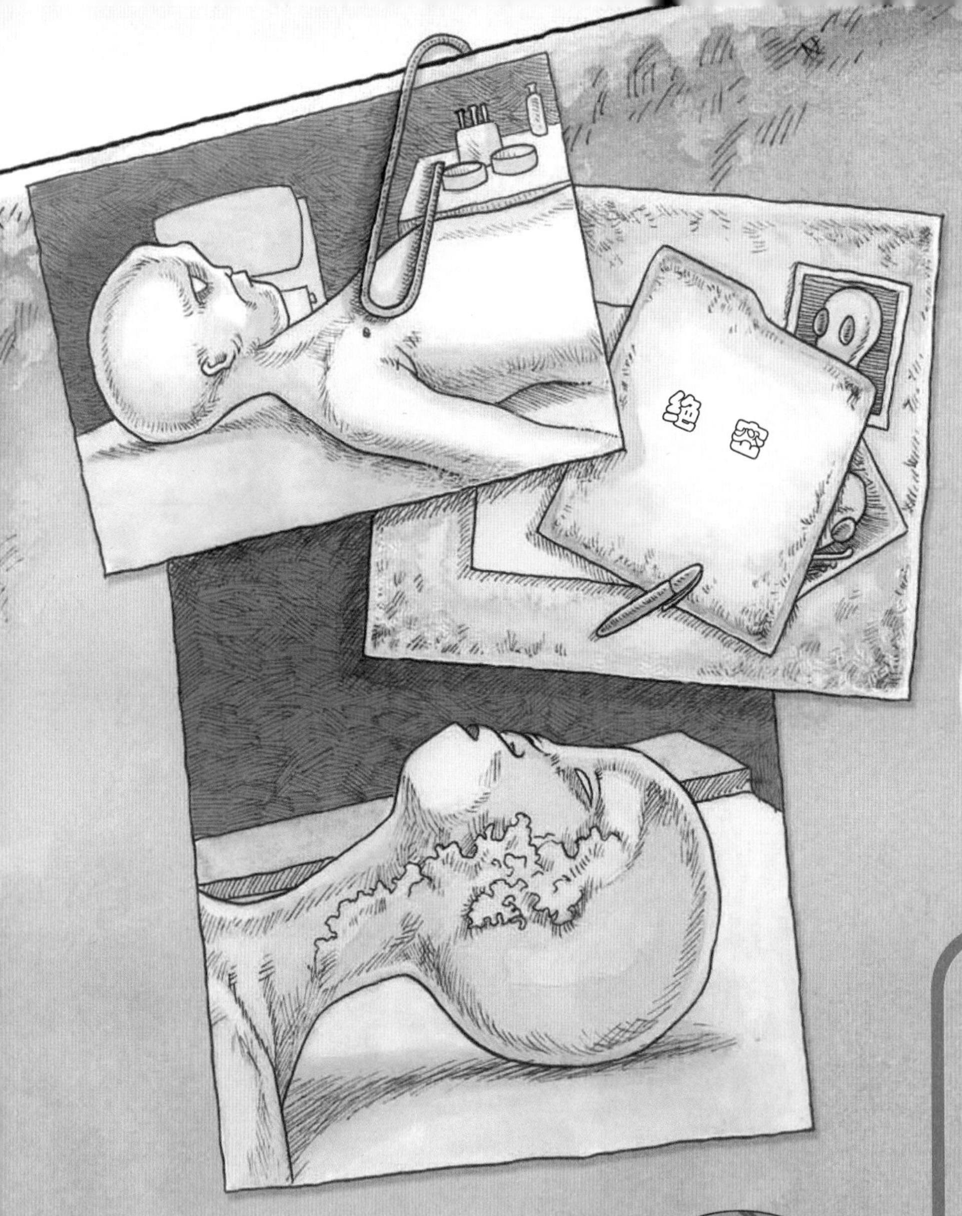

外星人尸体解剖

20世纪90年代，瑞•桑得利宣称在他拍摄到了这样一组镜头：在罗斯韦尔发现的一具外星人的尸体正在被解剖。尽管后来在2006年桑得利承认镜头只是虚构，但他仍然坚信外星人是存在的，解剖也发生过。

幽默一刻

话说26个字母在外太空，ABC跑地球来了。

A问B：外太空还有多少个字母？

B答：20个，你忘了，咱们是坐UFO下来的。

地球外生物研究组织

科学家一直致力于寻找宇宙中的外星人。一个名为SETI（即地球外生物研究组织）的机构一直在使用超大型望远镜追踪，但至今尚无任何发现。

如果外太空真的有外星人存在，他们也许会知道地球上还有人类。1974年，美国科学家向太空发送了一条3分钟长的电波，电波中包括人类的照片和人类生活在太阳系的基本信息。

不仅如此，人类还将电视、无线电和雷达信号不断发射到外太空，并且已经发射了50年。50年前第一条被发出的信号现在刚刚到达距太阳系最近的1000颗星。所以，没准那些外星人现在正在欣赏我们早期的娱乐节目，捧着肚子笑个不停呢！

麦田怪圈的真相

20世纪80年代，在英格兰西南部的麦田中开始出现怪圈和几何图形。一些人猜测那可能是龙卷风、发狂的山羊或兔子将农作物压平而形成的怪现象。然而，还是有不少人相信这是外星人的“杰作”，它们通过创造不同的几何图形试图跟地球人取得联系。

事实证明，那些图案，也就是众所周知的麦田怪圈，不过是某些人精心策划的恶作剧，是一群群的人在晚上偷偷地将农作物压平，有人将农作物烧成想要的图案，另一些人则是将农作物砍倒形成奇怪的形状。

但这并不是故事的结尾，有些人开始说出在执行这个特殊的晚间任务时，发生在田间的怪现象，其中一个人甚至承认他根本不知道为什么要做这样一个圈，或许他是受了外星人的控制……这样看来倒是这个故事进入了一个怪圈！

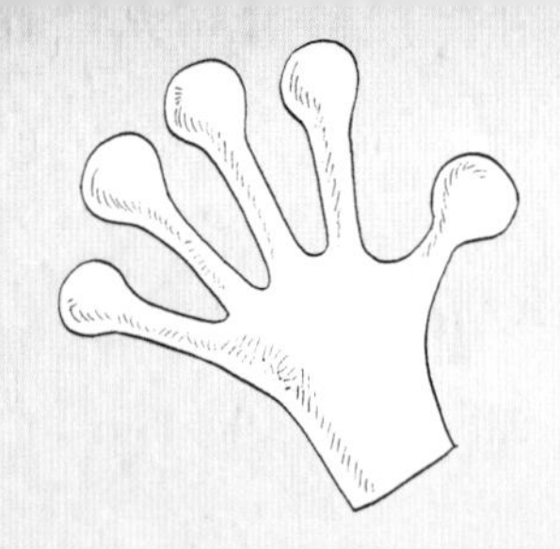

外星人的手

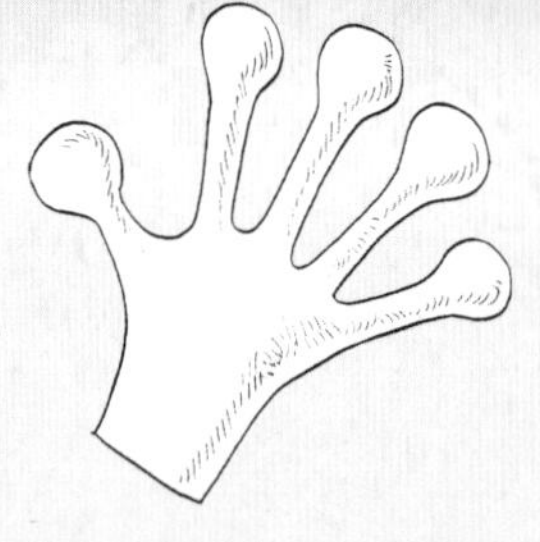

这是一个绝对能把你的朋友吓得“嗷嗷”叫的简单手工制作——一双外星人的手。做法虽然简单，但是成品却令人害怕，确切地说，这双手世上绝无仅有！

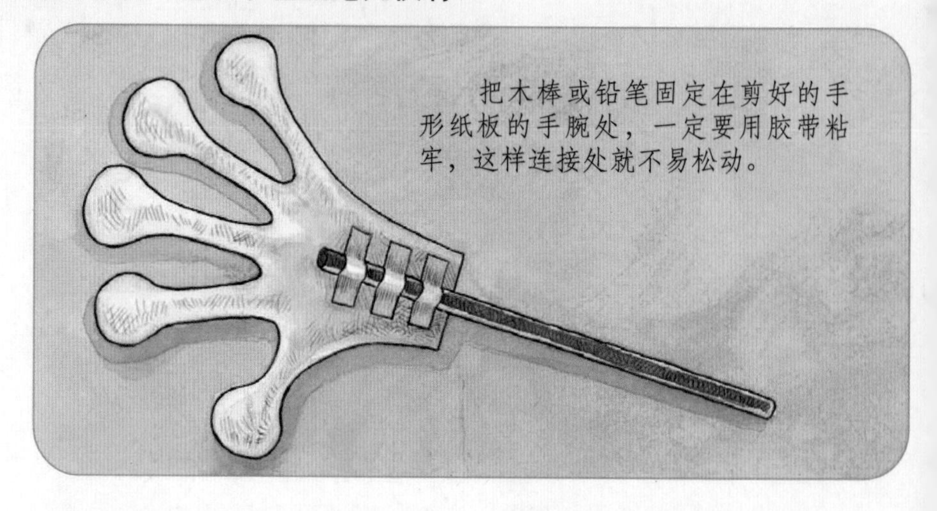

把木棒或铅笔固定在剪好的手形纸板的手腕处，一定要用胶带粘牢，这样连接处就不易松动。

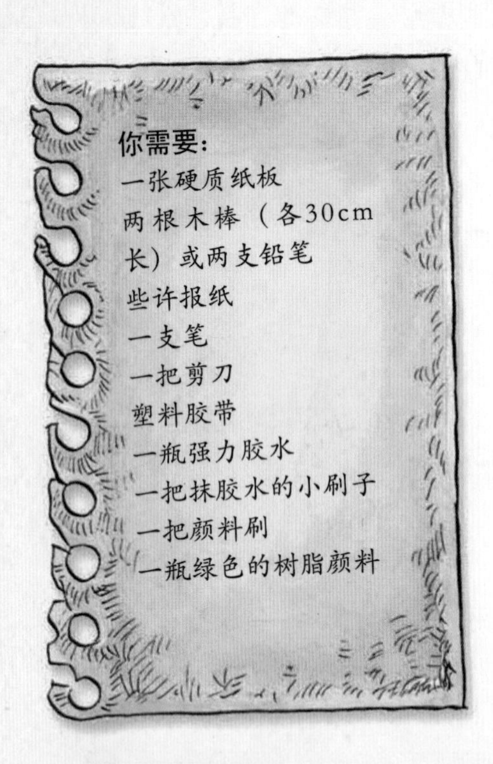

你需要：
一张硬质纸板
两根木棒（各30cm长）或两支铅笔
些许报纸
一支笔
一把剪刀
塑料胶带
一瓶强力胶水
一把抹胶水的小刷子
一把颜料刷
一瓶绿色的树脂颜料

第一步
在纸板上画两个外星人的手形，手指要画得长一些、细一些，手指头一定要画得像个大水滴，这样看起来就像外星人的手了，用剪刀把手形剪出。

第二步
用透明胶带把木棒或铅笔粘到两张剪好的手形硬纸板上。

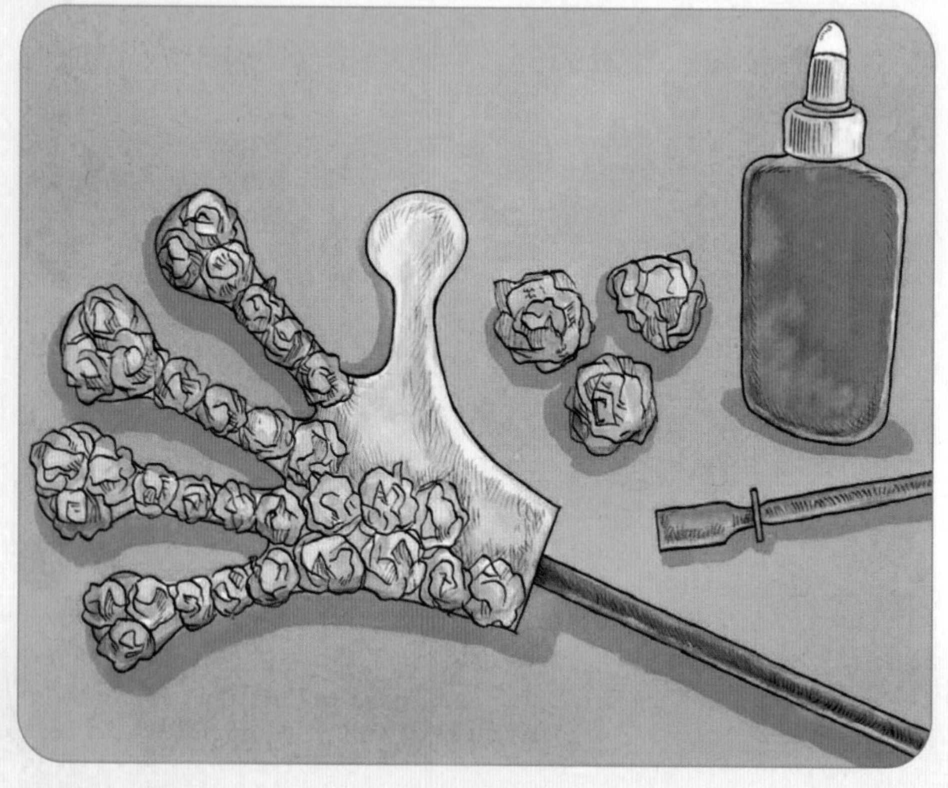

第三步
把报纸揉成一些大小不同的小纸团，然后用抹胶水的刷子蘸上强力胶水，抹在每个小纸团的底部。之后把纸团粘到纸板上，直到把两双手的正反两面都粘满纸团。

把报纸揉成一些小纸团，然后把这些纸团粘在剪好的手形硬纸板上。

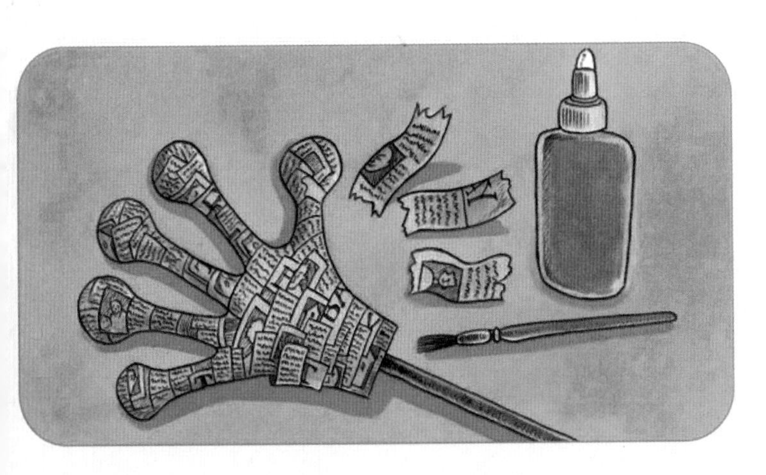

第四步
把剩下的报纸再撕成一些小纸条，然后粘到每只手上，遮住所有的小纸团。在粘手的边缘部分时，把纸条撕得长一些。

第五步
当胶水干透之后，用颜料刷刷上颜料，你可以将手刷成纯绿色，也可以刷成像外星人似的怪颜色。比如：在绿色的手上画些红斑点，这样看起来更像外星人的手。

绝 招

尝试使用夜光的颜料做最后的超恐怖装饰，这样你就可以在晚上把别人吓得“哇哇”叫。

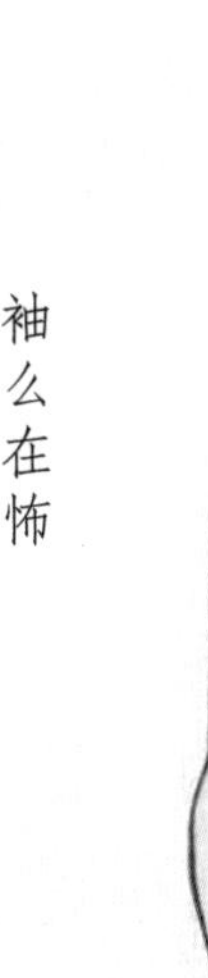

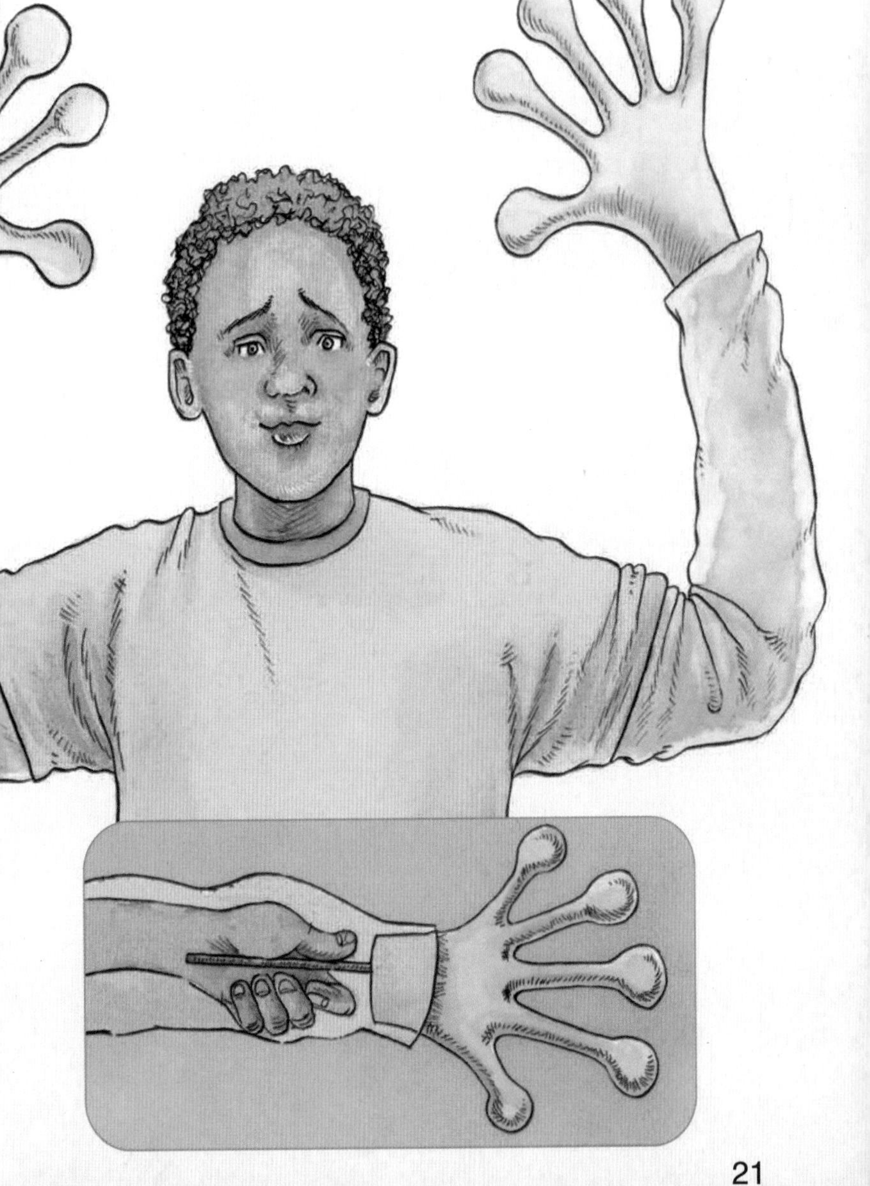

如果衣服的袖子长一些，那么它会比将手藏在袖管中更有恐怖效果。

完工之后
做完之后，你就可以用它们了。可以一手握一个，藏在毛衣外套或夹克衫的袖管中，然后尽量把袖管向下拉，只有“外星人的手”露在外面。真是恐怖啊！

雪中救援

下雪是人们娱乐和游戏最好的调味品，但是有时雪天也会带来危险，当然，伴随它的还有那大胆无畏的救援行动。下面要讲述的就是两个真实的雪中救援故事。

雪狱求生

2008年12月，就在圣诞节的前夕，21岁的洛根•杰克独自行进在加拿大英属哥伦比亚麦克布莱德村周围的山谷中，他正要去取回几辆游客使用的摩托雪橇。突然，他在山谷中发现有两匹马被深深地埋在雪中，它们饥寒交迫已奄奄一息。

雪下得太厚了，要想把这两匹马安全地带出山谷几乎是不可能的，他只能盼望这两匹马能熬过今晚。

救援行动

第二天，洛根和他姐姐带了一大捆干草和一支来复枪返回山谷。他们的父亲是一位养马者，他告诉姐弟俩，如果马匹的身体太虚弱无法站着吃草，一定要把草放到地上去喂马。洛根听从父亲的教导把草放到地上，两匹马就迫不及待地吃了起来。看到这样的情景，洛根立刻下定决心一定要将马安全地带出山谷，但是下一步他该怎么办呢？

与此同时，在他们所居住的村庄，村民们也正在紧张地讨论营救计划。他们想到可以先用直升机将马吊起，然后再用雪橇将马拉出，或者给马做一双特殊的雪地鞋，这样马在雪上行走时，就不会陷进雪里。然而，最终只有一个真正的解决办法，那就是在雪中挖出一条通道，这样马就可以自己走出来回到村庄。

现在已不能再耽误任何时间，必须马上行动，村民们放弃了为庆祝圣诞节而忙碌的节前准备工作，立刻投身于这项艰难的挖沟工程。他们要在一米深的雪堆里挖出一条一公里长的通道。村民们已经给两匹马盖上了薄毛毯，让它们吃上了食物，还可以靠身旁的小火堆来取暖。然而，它们的身体仍然很虚弱，并且坚持不了多久，村民们必须以最快的速度挖出通道。

> “雪下得太厚了，要想把这两匹马安全带出山谷几乎是不可能的。”

与时间赛跑

村民们大干了数天，大约用了一星期左右的努力，恰巧就在圣诞节的两天前，这条生命通道挖成了。两匹马在村民的带领下在狭窄的通道中走了7个小时，终于从冰冻的雪狱回到温暖的马厩中。

对于很多麦克布莱德村的村民来说，那一年没有得到圣诞节礼物，因为他们一直在忙着挖沟。然而，他们所有的人都认为成功地营救出那两匹马是他们曾经得到的最好的礼物。

魔鬼沟的遭遇

2008年2月，英格兰开始下雪，三个布赖顿郡的男孩打算在雪中玩个痛快。黄昏时分，他们和其他朋友滑着雪橇向魔鬼沟进发了，魔鬼沟坐落于南唐斯一个陡峭的"V"字形山谷中。

大雪纷飞的景色太美了！黑暗也给他们平添了无限的乐趣。三个男孩全都跳进了一个雪橇，极速滑向山脚。就在此时，不幸的事情发生了，欢声笑语戛然而止。他们的雪橇撞到了一块岩石上，三个男孩像从弹弓上被弹出一样，摔落到了谷底。

救援电话

和他们一起来的朋友们在滑雪的斜坡上看到了灾难发生的全部过程，他们惊恐万分。当他们看到谷底的男孩一动不动时，慌忙打电话求救。立刻，一架警方的直升机迅速飞到事发现场，准确地找到了三个男孩摔落的地点，但是山谷太窄，直升机根本无法着陆，而且救护车也无法驶入被大雪覆盖的山顶，这确实是个难题。如果得不到及时的救助，三个男孩将会面临因体温过低而死亡的危险。

紧急救援计划

当这三个男孩相互鼓励，相互取暖，并保持意识清醒时，救援队制定出了一个紧急救援方案。首先，警方的直升机飞回公路，联系到一辆救护车，然后开始指挥这辆救护车在漆黑的公路上行进。直升机紧随着救护车在它的上空盘旋，用超亮的探照灯为它引路。救护车在雪中行驶缓慢，一路颠簸，在探照灯的指引下，避开藏在雪中的重重障碍，穿过农田，艰难地行进了近一英里的路程，终于到达了出事地点。

当救护车到达时，三个男孩的伤势已非常严重。一个男孩的骨盆已经骨折，一个男孩撞伤了肩膀，而第三个男孩多根肋骨断裂，还伴有内出血。救援的医务人员借助警方直升机的探照灯仔细查看了伤员的伤势，之后迅速将三个男孩抬进救护车，驶离魔鬼沟，送进另一辆正在公路上等候的医院救护车中。

男孩们恢复得很好，这完全归功于救援队及时的救助。而且，这些男孩发誓下次魔鬼沟下雪时，他们再也不去那些陡峭的斜坡上做极限运动了。

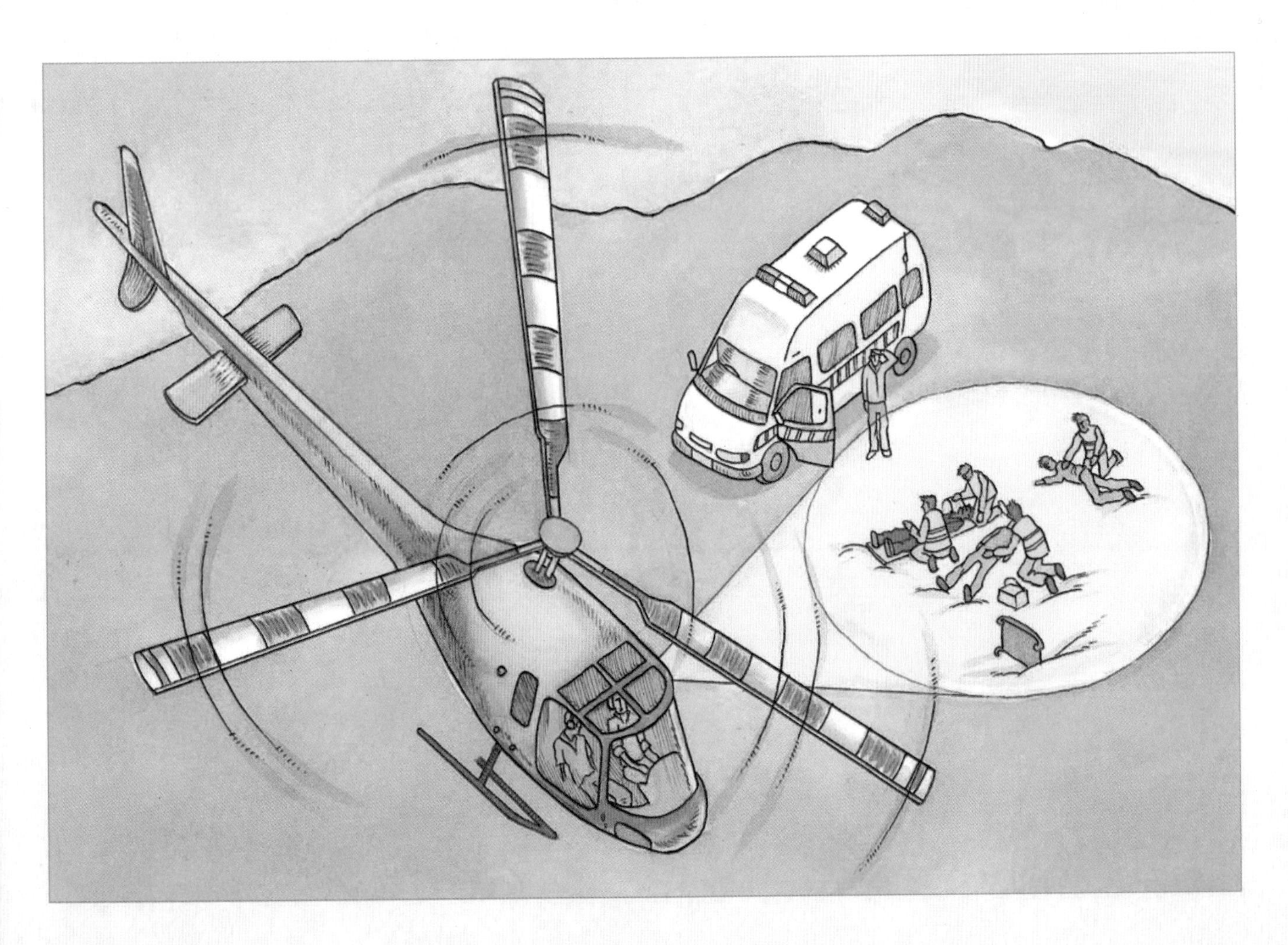

比萨派对

做下面这个比萨只需要几分钟，并且一旦比萨出炉，你就会发现每个人都想来个比萨大行动。

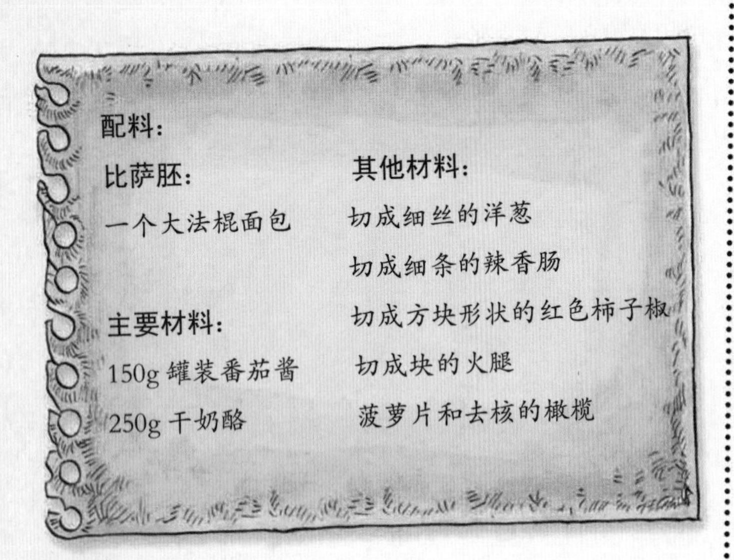

配料：

比萨胚：	其他材料：
一个大法棍面包	切成细丝的洋葱
	切成细条的辣香肠
主要材料：	切成方块形状的红色柿子椒
150g 罐装番茄酱	切成块的火腿
250g 干奶酪	菠萝片和去核的橄榄

第一步

沿法棍面包的竖长面小心地从中间切开，切成两个竖长的比萨胚。（当使用锋利的刀切面包时，建议让有经验的人来帮你）。

第二步

将切开的面包切面朝上，放到预热的烤架上面烘烤，直到变得有点焦黄。

第三步

在刚烤好的刀切面上涂满番茄酱，并且将准备好的其他材料铺在上面。

要想做一个绝对多汁的比萨，你得抹一层厚厚的番茄酱。

第四步

将干奶酪压碎，均匀撒在准备好的比萨上，接着将比萨放在烤架上烘烤，直到奶酪溶化，然后拿出，稍凉后即可食用。

警告：用刀时，一定要多加小心。另外，把比萨放到烤架上面时记得要戴厨房用隔热手套。

比萨的名字

如果让你点餐，你会吃下面哪种比萨？

a) 意大利辣香肠比萨
b) 玛格丽塔比萨
c) 菌类比萨
d) 夏威夷比萨

将名字与图片搭配，答案见第59页。

1

2

3

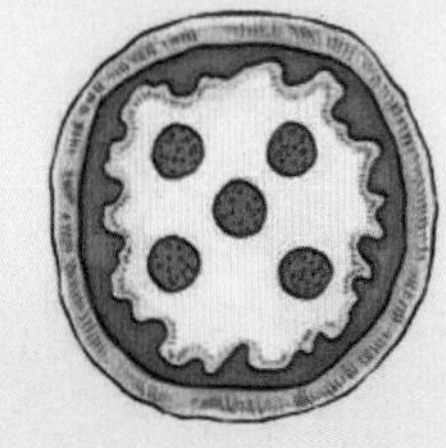
4

制作酷帐篷

防水帆布或防水油布是一种四方的，并且每个角上都有小洞的尼龙或塑料防水布。它们廉价、轻便，并且能让你在户外有个栖身之处。

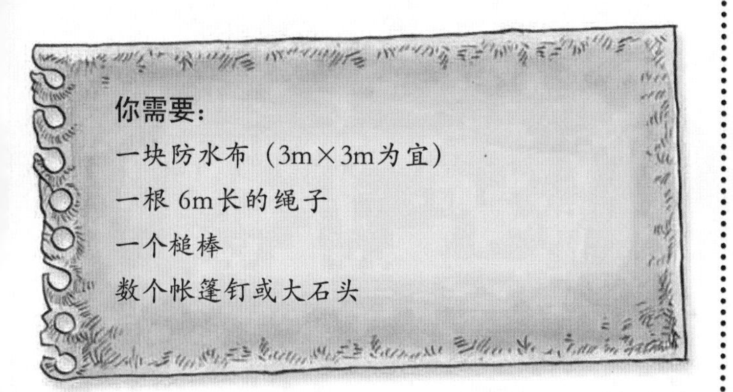

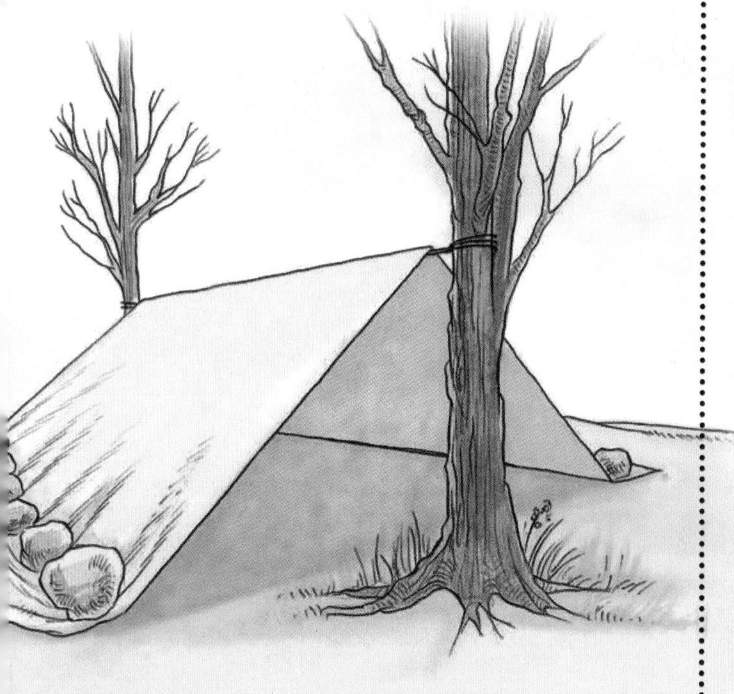

树间帐篷

寻找两棵相邻的树，它们之间的距离比你的帐篷的宽要大一些，而且中间的土地也较为平整。将绳子绑在两棵树上，离开地面大约一米高。确认绳子被拉紧、拉直，再将防水帆布从绳子上方扔过，之后将它整理成帐篷的形状，并拉向地面，确保绳子两面的布一样多。再将布的两侧用钉子钉在地上，或用大石头压在地上。

绝　招

野外露营必带物品：手电筒、指南针、地图、食品、水和保暖衣物。

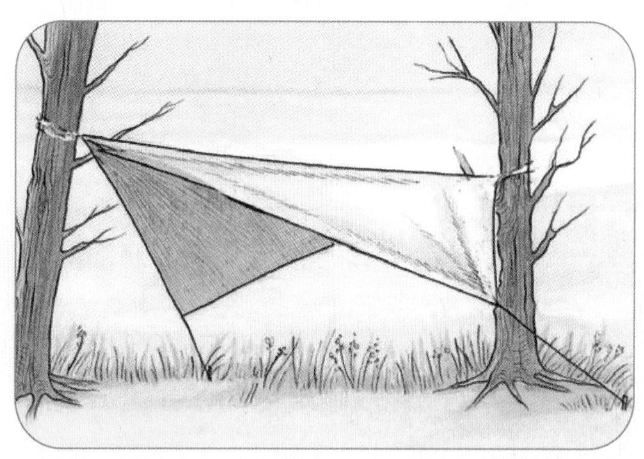

飞式帐篷

这是一个真正的在灌木丛中的栖身地。将帆布对角绑在树上，能绑多高就绑多高。将另两个对角用钉子钉在地上，用一根大约一米长的绳子撑开，能撑多大就撑多大（见上图）。这个飞式帐篷将给你一个足够大的空间，让你可以遮阳避雨。

伪装的办法

在四周转转，寻找可以作为伪装的东西。因为你的帐篷一定要和你周围的环境相融合。如果你在树林中，找一些枯枝落叶铺撒在你的帐篷上，那将是很好的伪装。

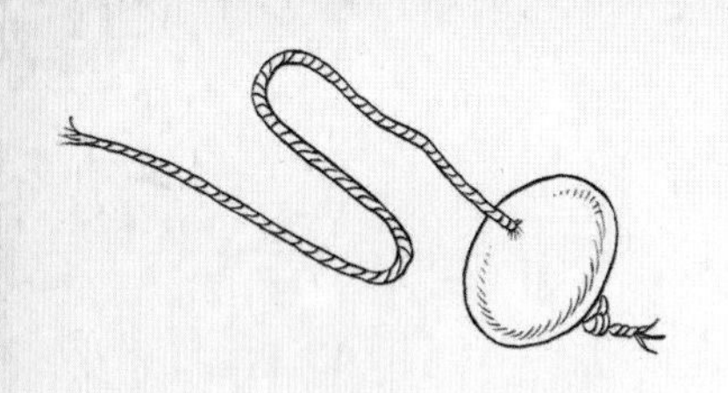

成为板栗游戏大赢家

向你的朋友和家人挑战传统的板栗游戏吧，只要使用下面的提示和方法，你必定成为板栗游戏的大赢家。

收集和准备

1. 找一棵长得比较粗壮的栗子树，然后在树下找一些掉落的板栗，确保找到一些大的、光亮硬实的板栗，并且板栗上不能有洞。

2. 在板栗的中间用手握钻头打个孔。

3. 在孔中间穿一根25cm长的细绳，并在底部用细绳打个结。

警告：玩游戏时确保将板栗拿得远离身体，并且注意眼睛和手。

游戏规则

1. 每个人轮流用自己的板栗击打别人的板栗。当进攻者用尽全力将自己的板栗重重打在对方的板栗上时，防守的一方应尽量让自己的板栗保持不动。

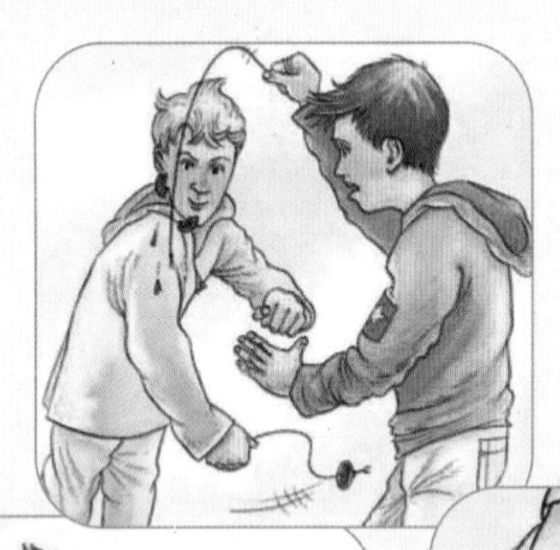

2. 如果一方的板栗从绳子上滑落，但没有摔碎，另一方就可以抢先踩在它上面。这被称做“踩踩”。

3. 如果线绳纠缠在一起，第一个喊出“绳子”的人就可以先开始下一轮进攻。

4. 将对方的板栗击碎的玩家就是胜利者，获胜的板栗也将得到一个名字（见下面说明）。

绝招

在你的板栗上抹些护手霜，这样会使板栗表面更光滑，在被击中时就不易被击碎。

给你的板栗起名字

0级：指新鲜的板栗

1级：击碎一个0级的板栗

2级：击碎一个1级或两个0级的板栗。

6级：击碎一个0级和一个5级的板栗。

（你知道起名的规律了吧……）

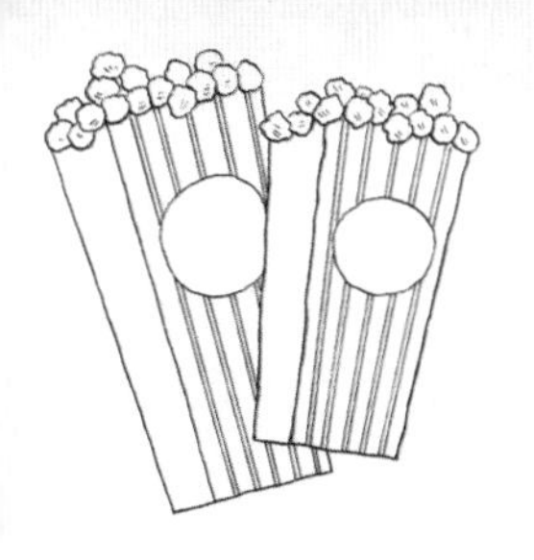

爆米花球

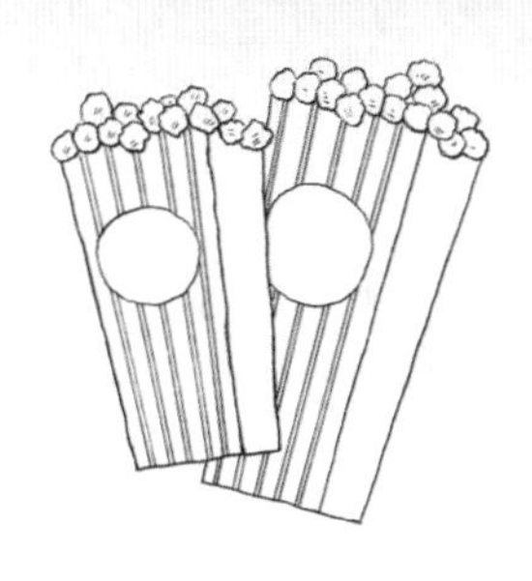

啧啧啧……，爆米花和棉糖，这是一款超甜小零食。你将学会怎样制作它，做好后你就可以尽情享用了。

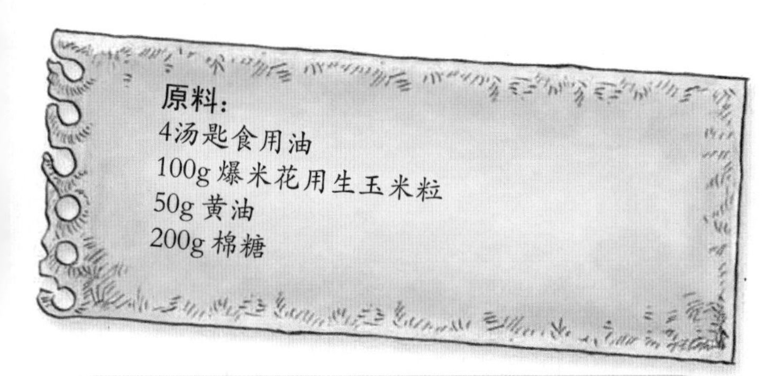

原料：
4汤匙食用油
100g 爆米花用生玉米粒
50g 黄油
200g 棉糖

警告： 请人将生玉米粒等原料加热，因为热油和糖可能会烫伤你。切记在摇锅时，一定要戴上厨房用隔热手套。

第一步

在一个较大的深平底锅中放入两汤匙食用油，然后加一半的生玉米粒，加盖并用小火加热直到玉米粒全部爆开，不断摇晃锅让玉米粒均匀受热。

第二步

当玉米粒完全爆好后，把锅从火上移开，不要迅速揭盖。过一两分钟后，把爆米花倒入一个稍大的碗中。重复以上步骤，把剩下的另一半玉米粒爆完。

第三步

在一个小一点的深平底锅中用小火将黄油化开，当黄油溶化后，开始往里加棉糖，并且慢慢搅拌，直到所有的棉糖都完全溶化。

仔细将爆米花搅拌到糖浆中，小心不要压碎爆米花。

第四步

把做好的棉糖糖浆均匀浇到爆米花上，然后搅拌直到所有的爆米花都裹上糖浆，之后再用汤勺舀出一些做成球状，并摆在抹了油的厨房纸上。重复以上动作，直到用光所有的爆米花。自然放凉，爆米花球变硬后就可以享用了。

如何玩 躲球游戏

躲球游戏(美国儿童常玩的一种球类游戏)是一种令你一刻不停、全身活动的游戏，并且乐趣无穷。一旦你学会怎样玩，它肯定会成为你最钟爱的游戏。快拽着你的伙伴开始扔球吧！

你需要准备

你需要至少6个人和两个球，如果能找到更多人和更多球，游戏就会更好玩。因为人越多，球越多，场面就会越混乱，所以你就会在玩的时候得到更多乐趣。

画出场地

画出一个大约长15m、宽10m的长方形场地，在场地左右两侧取中心位置（约7.5m处）画两个点，将此两点连线，就是场地的“中线”。然后在这条中线的左右两侧约1.5m处，再画出两条线，成为各队的攻击线。如果你在操场上，可以用粉笔画线。如果在公园，可以用绳或线来表示边线。

准备好了吗？

将所有的球全部摆放在中线位置（如图所示）。每队队员先站在各自底线的后面，底线是离中线最远的一条线。哨声一响，队员必须迅速向球跑去，捡起球并且站到各自的攻击线之后，把球扔向对方的队员。

击中得分

如果一名队员扔出球后，球在落地之前击中了对方队员的身体，该队就得到一分。队员必须站在攻击线后扔球，且必须打在对方队员头部以下的身体部位。任何队员做出击中头部的动作，将被视为犯规，会被罚出场外。比如你击中了对方的脸部，这就是犯规动作，你必须被罚下场。

接球上人

如果场上一名队员接住了对方扔向他的球，本队就可以有一名被打中下场的队员回到场上，继续游戏。被打中队员回场的顺序与他被打中下场的顺序相同，即先被打中下场者先回场。

持球击球

如果你手中持球，你可以用它击打向你飞来的球，使其改变方向。然而，如果球击中了你身体，或使你手中的球掉在地上，你都算被击中，必须下场。

绝 招

跑得快，先上场

切记要让本队中跑得最快的队员先去抢球。

快速扔球

如果你手中拿着球，你将成为被攻击的主要目标。因此，你必须迅速找到目标将球扔出，而不是左顾右盼寻找谁在瞄着你，然后出球。

保持高度警惕

那些被击中下场的队员，必须尽快捡回散落的球，并且迅速传给还在场上的队员。因为你们队的幸存者完全依靠这些被捡回的球组织再次进攻！

捡回散球

那些被击中下场的队员必须将散落场外的球捡回，放到中线的位置。而场上的队员，由自己负责捡球，这是场上队员唯一可以出场的理由。如果一名队员跳出场外去躲球，这就意味着他直接出局了。

诚实不欺

如果你被击中，老实承认并离开场地。即使你们有裁判，他们也未必能够看到每个被击中的队员。因此，每个队员都必须诚实，不欺骗对方。

如何取胜

游戏可以一直玩到一方队员全部筋疲力尽，没有力气再玩下去而不得不认输；或者一方的队员都被球击中而下场，没有队员在场上，那么这一方就输了。

龙形躲球游戏

这是一个在圆形场地进行的躲球游戏。方法如下：

将队员等分为两队，一队围成一个大圈，另一队排成一支像链条或者龙形的队伍，后面队员的双手放在前面队员的腰上，龙形队伍进入圆圈。看一下你的表，现在开始计时。站成圆圈的队员必须将手中的球锁定在龙尾上，当龙尾的那名队员被击中，他就必须退出圆圈，那么排在他前面的队员将成为新的目标。直到所有龙形队伍中的队员均被击中，两队交换角色继续游戏。记录两队作为龙形队伍在场上停留的时间，谁停留的时间长，谁为获胜队。

古墓诅咒

木乃伊是指经过特殊方法处理的尸体，许多人都相信木乃伊中隐藏着诅咒。这是事实还是谎言？读读下面的文章，做出你自己的判断。

少年法老的诅咒

1922年，考古学家霍华德•卡特在埃及发现了传奇法老图坦卡门的墓穴，它被称为20世纪最伟大的考古发现之一。

当全世界的媒体都在争相报道图坦卡门的墓穴中陪葬有超乎人们想象的金银财宝时，当厄运故事和古墓诅咒开始流传时，这位少年法老的木乃伊已经静静地躺在地下沉睡了三千多年。古埃及人将诅咒刻在墓中，以避免盗墓者的侵扰。

第二年，古墓研究工作虽然一直持续，但进展缓慢，而怪异的事情却开始不断发生。那个为打开墓穴之门付费的富人——卡那封勋爵，在开罗染病而死。在他临终的那一刻，开罗城中所有的灯都同时熄灭，而他在英格兰家中豢养的狗也不停地哀嚎，悲痛不已，随他而去。难道是诅咒显灵了吗？当时许多人都对此深信不疑。

但是随着时光的流逝，有关这个诅咒显灵的故事也逐渐褪色，因为人们找到了事情发生的真相——那就是卡那封勋爵死于被感染的蚊虫叮咬，所以这只是个不幸的意外，而无神秘可言。当时开罗的电力供应出了问题，因此，全城的灯在同一时间都熄灭了，而他在英格兰家中那条狗的死纯粹是个巧合。

其实，除了卡那封勋爵之死外，还有许多令人不解的事。那就是所有发现古墓的考古队员离世的年龄都比自然老死的年龄要早许多年。考古学家霍华德•卡特在古墓被打开后的第17年（即1939年）离开人世。

冰雪中的恐怖尸体

难道木乃伊的诅咒只是编造出来的故事吗？至少听起来像是这样的。1991年，两位德国行者在阿尔卑斯山发现一具埋于冰雪中的尸体，这具男尸被取名为“奥帝兹”，是根据发现他的那个山谷而命名的，他已在世上存在了5300多年。很快他就成为了一名公众关注的新闻人物，许多专家也被派出研究他的尸骨残骸。

接下来，恐怖的死亡事件便开始接连不断地发生了。首先是莱纳•亨恩博士，他对奥帝兹的尸体进行过尸检，不久死于车祸。库尔特•弗里茨是一名登山者，他曾帮助复原奥帝兹的尸体，之后他死于一次雪崩。莱纳•赫茨尔是一名电影工作者，死于一种怪病，而死前数月他执导的名为“奥帝兹”的影片刚刚上映。最后，两名发现“奥帝兹”的德国行者中的一位名叫赫尔穆特•西蒙的男子死于一场暴风雪，而他死亡的地点距发现“奥帝兹”的地方仅有200公里远。这些看起来可不仅仅是巧合，因此媒体想起了著名的图坦卡门诅咒。难道这个冰雪中的木乃伊能从坟墓中发挥他的超能力？还是由你自己来决定答案吧！

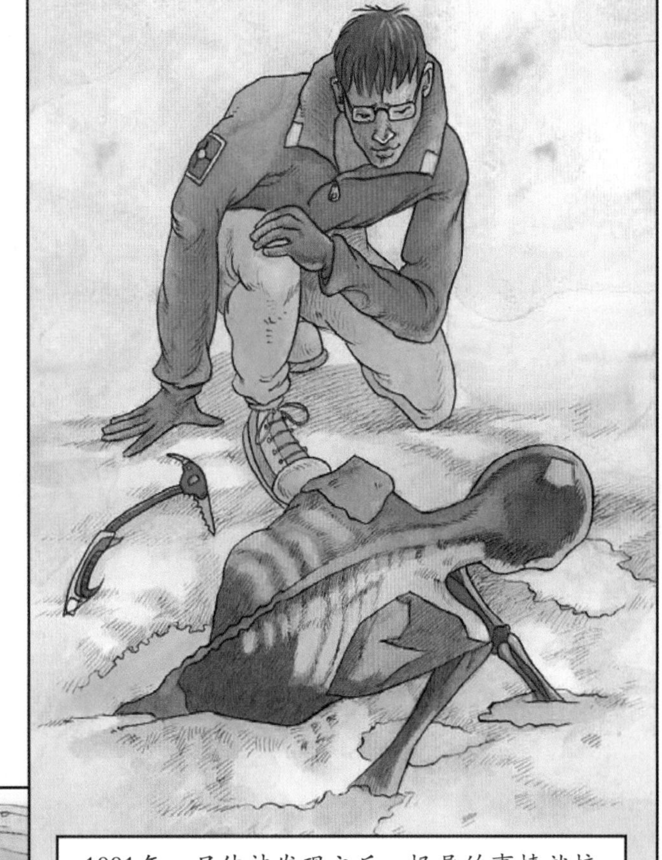

幽默一刻

问：木乃伊会去哪里游泳？
答：死海。

你知道吗？

- 英文单词“木乃伊”（注：英语中“木乃伊”与“妈咪”的发音相同）与“母亲”这个单词没有任何关系。它来源于阿拉伯语“mumiyah”，意思是一种可以防止尸体腐烂的黏稠状的植物油。
- 在古埃及，制作木乃伊可不是胆小鬼能做的事，因为在尸体干透缠上绑带之前，一定要将脑组织从头颅中取出。
- 1995 年，两位行者在秘鲁的安第斯山脉偶然发现了一具保存完好的女性木乃伊。之后她被取名为“朱厄妮塔”或“冰女孩”。她曾经生活在古印加文明时期，已经在冰雪中封存了500 年。就是因为一次附近火山的喷发使冰雪融化，木乃伊才展现在世人面前。该尸体保存得非常好，甚至她胃里的食物还依然留存。

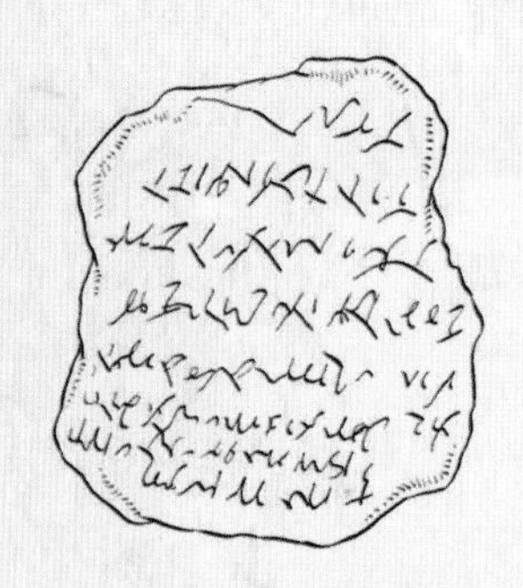

爱吃泡泡糖的上帝

杰克的兄弟——伊森，是全校最酷的男孩，因此，有时他也表现得非常孤傲。一次偶然的机会，杰克发现了一个世上绝无仅有的好办法可以狠狠地教训伊森一顿，当然这个办法的实施，完全依赖于他那个有点神秘的朋友。他们只见过一面，而且杰克并不能确定他的那个朋友是否真的存在于人世间……

历史课

“好啦，孩子们。因为明天我们要去古罗马别墅遗址参观，所以在今天这节历史课上，让我们先了解一下这个遗址的历史。遗址中的别墅和那座小寺庙大约建于2000多年前……杰克，注意听讲！”

杰克正一脸忧郁地望着窗外，心里想着昨晚发生的事。他的哥哥伊森是那样可恶，他故意将杰克的书包藏了起来（这是他惯用的伎俩），结果导致杰克今天早上上学又迟到了。但是就这样的一个人，学校的每个同学都喜欢他。他踢足球，参加乐队，最重要的是他的发型永远都是那样的酷，要是杰克能和他一样就好了。

“罗马人去寺庙中祈祷，”老师在继续讲课，“他们也在那里诅咒他们不喜欢的人。”这时，老师拿起一张图片，上面是一个刻着记号的小铁片，还很脏。老师接着说：“这就是一个咒语符。罗马人把他们的愿望或者咒语刻在这种一小块比较软的铅上，这样他们就把任何自己无法解决的难题全都留给上帝。”

杰克此时全神贯注地盯着老师，认真地听着。他不禁在想，如果真是这样，那不正好可以教训一下伊森。一小块锡箔纸和一支圆珠笔就能轻松搞定。他可以自己做一个咒语符，并且明天去参观时，学一下那些古罗马人，把咒语符放在寺庙中，这样好的办法值得一试。

咒语

第二天，杰克和同学们坐着一辆大巴车出发了。当他们到达古罗马遗址时，导游迎接了他们，并带他们去参观寺庙。导游向学生们介绍说，古罗马人通过在祭坛上贡献祭品来祭拜自己敬仰的神。导游还给同学们指出祭坛的位置——一堆碎石瓦砾，朝向寺庙的后面。大部分同学对祭坛的遗址不是很感兴趣，所以大家很快排着队走出寺庙。但是杰克却不同，他磨蹭到了队尾，蹲下身来，把他在家做的咒语符藏在了两块石头之间。

“你确实要这样做吗？咒语是会显灵的，你知道吗？”突然有个声音在杰克耳边响起。

杰克转过身看到一个男孩，他穿着古罗马人才穿的宽大长袍。杰克以为他是导游中的一员，但是这个男孩看起来还不到找工作的年龄啊！

“上帝通常也喜欢礼物。”男孩说，“你有礼物吗？”

“你好像很了解上帝嘛！”杰克回答。

“噢，应该说我了解罗马人的全部。”男孩不紧不慢地回答道，“相信我，不会错。”

杰克摸摸自己的口袋，“那我只能留下一包泡泡糖，是红色大大卷，你觉得上帝会喜欢吗？”

男孩笑着说：“这个不错，他肯定喜欢。”杰克闭上眼睛，心中默念他的哥哥能够自食其果，随后，他把这包泡泡糖放到乱石中。

“我想我得走了。”杰克站起身，胡乱拍了拍裤子上的尘土。这对伊森来说是根本不可能发生的事，他才不会把自己的衣服弄脏，因为他太在意他的外表了，他生怕把衣服弄脏，哪怕一点点。

“祝你好运！”那个古罗马男孩对着杰克的背影喊道，杰克此时已跑出寺庙。“我确信你哥哥会得到更好的回报。”

“真是奇怪，”杰克一边往别墅走一边想，“我跟他说过我哥哥的事吗？”现在他已根本没时间仔细琢磨这个问题了，因为老师已经抱着胳膊在台阶上等得不耐烦了。“杰克，又是你最后，为什么总是你，为什么？”

“对不起，老师。”杰克回答，“我刚才和导游说话来着，就是在寺庙里的那个男孩。”

老师环视了一下四周，说：“哪有什么男孩导游？唉，不管他了。”他催促杰克上了台阶去往别墅。

复仇

当杰克回到家时，家里没有一个人，他在桌上发现了一张妈妈留的字条，上面写着：“我和伊森去理发店，一会儿回来。”杰克从书包里拿出书本准备做家庭作业，这可是他第一次回到家不用听伊森永无休止地弹他的电吉他，而且他技术低劣，还总是弹那两首老掉牙的歌曲。

半小时后，他听到有钥匙开门的声音，妈妈径直走进了厨房，而伊森用他的夹克衫帽盖在自己的头上，藏在门口处。

“我真不知道他是怎么弄的，”妈妈摇着头不解地说，“他不会告诉我的。今天他的头发上前前后后沾满了泡泡糖，我都无法给他洗干净，我不得不带他去理发店把头发都剪掉。”说着她把伊森的夹克衫帽拉了下来。伊森的头发被理得确实是没法看了。他那酷酷的刘海被剪掉了，而且他的头发也被理得很短，快跟秃子差不多了。伊森阴沉着脸，狠狠地把帽子戴到头上，快速跑上了楼。

“我也不知道这是不是和他参加的那个乐队有点关系，”杰克的妈妈说，“我从吉米的妈妈——默里夫人那听说，他们又重新组建了一个新乐队，名字叫‘罗马上帝的复仇’，作为乐队的名字，这可真是够怪的，伊森似乎不太喜欢，他说他不想再参加乐队的练习了。

杰克心中窃喜，他的咒语显灵了——伊森终于尝到了苦头，让他怒发冲冠，苦不堪言！之后，杰克却想起了在寺庙中见到的那个男孩，他真的是导游吗？是鬼，还是神？杰克靠在椅子上思量着：“交这样一个朋友应该不错，或许我可以问问妈妈，下个月可不可以带我再去一趟那个古罗马遗址。”

神奇的汽车

看看你能用多快的速度赢取拼词比赛的胜利。答案见59页。

拼词游戏

将下列字母重新组合，你就能发现七个著名的汽车品牌，把你的答案写在右侧表格中，表格中的单词“Ferrari（法拉利）”会给你一些提示。

1. ATIF
2. EULTRAN
3. FRDO
4. AURUBS
5. ELWKANVGOS
6. CEDEMSRE
7. INMI

1. F
2. E
3. R
4. R
5. A
6. R
7. I

汽车知识

- 人们真正买到的第一辆汽车是“Benz Patent Motorwagen”。它有三个轮子，没有车顶，并且发动机在两个后轮中间。准确地说，它就是一辆三轮车，上陡坡需要人推。第一辆车销售于1888年。
- 当最早的汽车开始在城市和乡村道路上穿行的时候，加油是件不太容易的事，因为当时没有加油站。原始的加油站只是一个成品油零售商，通常附属于杂货店，一般在屋后储存大桶的汽油，遇有汽车来加油的时候，用5加仑的桶自大桶灌取，然后倒入汽车油箱。
- 美国人盖瑞•盖博里奇是历史上第一位将车速提到1000公里/小时的人。他那辆使用火箭做动力的汽车名叫“蓝色火焰”。
- 大卫•贝克汉姆（英国著名足球明星）拥有一辆“Ferraris”、一辆“Lamborghinis”和一辆“Bentleys”，但是他买的第一辆车是“Ford Escort”。
- 当代的汽车制造商正在研制一种汽车，它使用空气做动力。这是事实，可不是开玩笑！他们用一个泵将空气抽进汽车的油箱，当空气受热膨胀，它就可以推动汽车向前跑了。

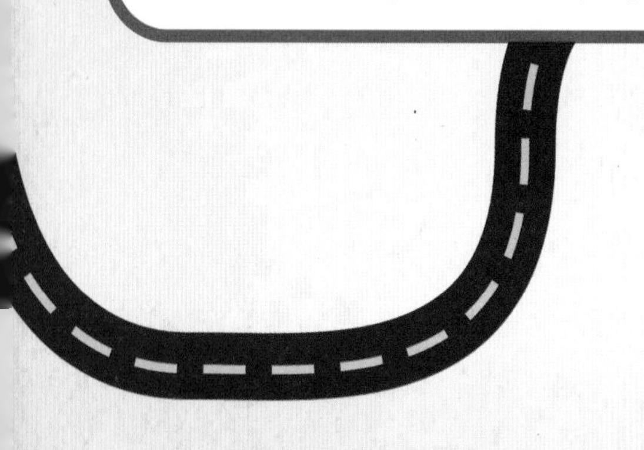

幽默一刻

一乡下老头到某汽车销售中心，只见他掏出2000元钱往桌子上一拍：“给我来辆桑塔那。”营业员大惊：“你的钱不够啊！”老头不解：“外面不是写着桑塔那2000吗？”营业员说：“哦……那您往左拐，那家公司卖的是奔驰2000。”

单词搜索

你能在表格中找出20个汽车的品牌吗？它们可能藏在横行、竖列或斜线中。其中仍然包括首字母是“L”，含有11个字母的意大利著名跑车品牌。

ALFA ROMEO（阿尔法•罗密欧）
MAYBACH（迈巴赫）
FERRARI（法拉利）
BENTLEY（本特利）
MITSUBISHI（三菱）
JAGUAR（捷豹）
BUGATTI（布加迪）
PORSCHE（保时捷）
LOTUS（莲花）
CHEVROLET（雪佛兰）

DODGE（道奇）
ASTON MARTIN（阿斯顿•马丁）
MERCEDES（梅赛德斯•奔驰）
FORD（福特）
BMW（宝马）
PAGANI（帕加尼）
KOENIGSEGG（科尼赛克）
CATERHAM（凯特勒姆）
SPYKER（世爵）
MASERATI（玛莎拉蒂）

P	D	M	S	H	D	B	I	W	D	B	X	F	C	H
P	F	H	J	U	B	Q	I	Q	E	K	E	A	L	C
T	A	L	N	I	T	R	A	M	N	O	T	S	A	M
G	V	G	Z	N	S	O	S	D	T	E	E	D	M	E
D	G	M	A	P	A	V	L	E	R	I	H	R	B	R
M	L	E	Y	N	T	K	L	H	T	H	C	O	O	C
Q	A	K	S	G	I	O	A	T	M	S	S	F	R	E
Y	E	S	P	G	R	M	A	B	W	I	R	Q	G	D
R	E	T	E	V	I	G	O	M	S	B	O	J	H	E
L	Q	L	E	R	U	N	B	J	V	U	P	A	I	S
R	Y	H	T	B	A	L	E	K	L	S	I	G	N	O
M	C	B	F	N	F	T	G	O	S	T	L	U	I	W
I	R	A	R	R	E	F	I	P	K	I	A	A	B	I
E	N	V	M	A	Y	B	A	C	H	M	N	R	K	R
E	G	D	O	D	E	A	L	F	A	R	O	M	E	O

恐龙传奇

想成为研究恐龙的行家里手吗？这里列举了一些人们普遍认同的有关恐龙的观点，现在就让我们一起去走近有关恐龙的真相。

观点一：恐龙曾经是地球的主宰者，它们分别生活在陆地、空中和海洋。

这种说法其实不是很准确。生活于空中的，被称为翼龙，它们有翅膀，但没有羽毛，翅膀的外面是皮肤。另外一些生活于水中，例如，长得像海豚的鱼龙和长得像蛇并带有蹼的沧龙。而被我们称为恐龙的生物，既不生活在空中，也不生活在水里，它们只是陆地的主宰者。

记住这些事实：

- 所有的恐龙都是爬行动物，但并不是所有的爬行动物都是恐龙。
- 恐龙能够直立行走，而蜥蜴只能爬行。

幽默一刻

怀孕的妈妈问5岁的儿子：“你想要个弟弟还是妹妹？”儿子仔细想了一会说：“我想要只恐龙。”

观点二：恐龙生活在史前时代的沼泽地中。

有些恐龙确实生活在沼泽地，因为沼泽地中蕴藏着大量美味的食物，如乌龟、各种动物的蛋和各种植物。然而，许多恐龙直立行走，并且它们的脚很小，就像我们看到的鸟的爪子一样，这样的脚绝对不适合走在黏黏的、稀乎乎的沼泽中。

而事实是，恐龙生活的场所各式各样，其中包括沙漠，甚至有一些恐龙生活在南极地区。在恐龙生活的年代，南极并没有现在这么冷。

图中是一只霸王龙。许多人都认为霸王龙是凶猛、邪恶的肉食捕猎者，但是它们也可以被认为是敬业的“清道夫”，因为它们可以利用自己敏感的嗅觉，找到已经死去的恐龙或其他生物的尸体，然后把这些尸体统统吃掉。现存的许多食肉动物都保持着这种习惯，其中包括鲨鱼和狮子。

观点四：鸟类是恐龙的后裔

这是事实，鸟类的确由恐龙的一支——始祖鸟进化而来。大多数科学家认为始祖鸟是温血动物，与现在的鸟类一样，并且许多小型始祖鸟的骨骼与现在鸟类的骨骼也非常相似。其中的一些小型始祖鸟身上的鳞慢慢进化成了羽毛。鳞是怎样进化成羽毛的，至今仍然是个谜，但是出土的化石确实证明这就是事实。随着时间向前推移，进化的羽毛越来越多，最终可以扇动翅膀，展翅高飞。这些生物也就不再是长着羽毛的恐龙，而是我们今天常见的鸟类。

这种恐龙叫做尾羽龙。它是一种不寻常的爬行动物和鸟类的综合体。尾羽龙不会飞，但是它长有羽毛和小翅膀，它的大长腿或许可以说明它是跑步健将。

观点三：在6500万年前，当一颗巨大的小行星撞击地球后，所有恐龙都灭绝了。

现在，科学家们仍然为恐龙为什么会从地球上消失的问题而争论不休。在墨西哥海滨较深处的海底，有一个巨大的凹坑，名叫希克苏鲁伯陨石坑。它是由一个巨大的小行星撞击地球而形成的，许多科学家认为就是这颗小行星撞击了地球，并且杀死了地球上70%的生命。那些不在撞击范围内的生命有可能死于随之而来的海啸、酸雨和蘑菇云。这里还将列举一些其他的理论：

- 来自太空的攻击。使恐龙灭绝的有可能不是那颗小行星，而是一颗巨大的彗星撞击了地球，或是由于其他爆炸的星球所产生的辐射。
- 火山喷发。印度火山喷发时产生的蘑菇云挡住了太阳，因此大量的植物死亡，减少了恐龙的食物。
- 患病而亡。吃了携带病菌的昆虫而使疾病传到了恐龙自己身上。
- 哺乳动物的繁盛。当哺乳动物开始大量出现后，它们有可能吃光了所有的恐龙蛋。

泰坦巨龙，生活在9000万到6500万年前。在恐龙灭绝的前一刻，它们正在世间闲庭信步。它们的体重能够达到100吨。

你知道吗？

- 1676 年，当第一根恐龙骨头被发现时，牛津大学教授罗伯特•普劳特认为那是一根巨人的大腿骨！
- 早期的恐龙研究者里查德•欧文于1842 年发明了“恐龙”这个单词，它源于希腊语，意思是“可怕的蜥蜴”。
- 剑龙用它巨大的，像钉子一样的尾巴作为武器，它像挥舞棍子一样摇动尾巴来抵御食肉动物的捕杀。

仿真手臂石膏模

你想得到别人的同情吗？你想偷懒不参加比赛吗？下面就教你如何制作一个仿真手臂石膏模，它绝对可以帮你骗过任何人，让大家相信你的手臂受伤了。

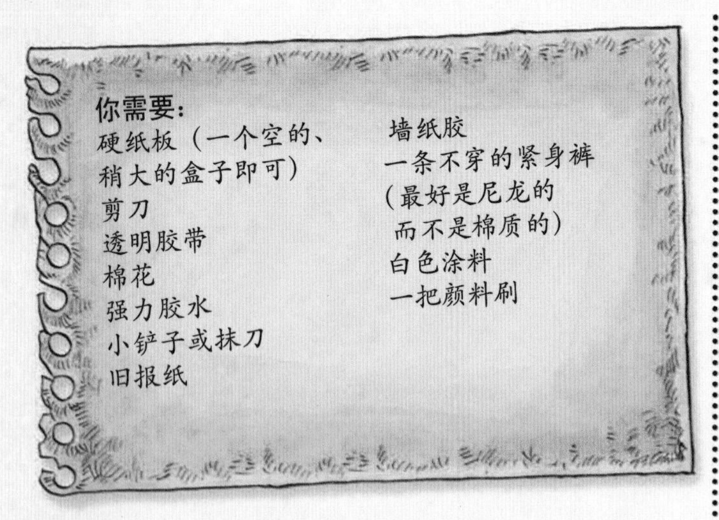

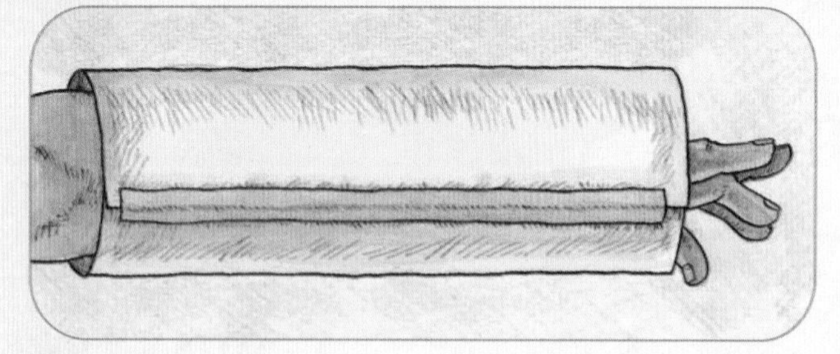

第一步

首先把硬纸板剪成你想要的大小，然后把它绕在你的胳膊上，将纸板边缘重叠，用胶带将重叠部分粘牢，这样就会做出一个紧贴胳膊的纸筒。

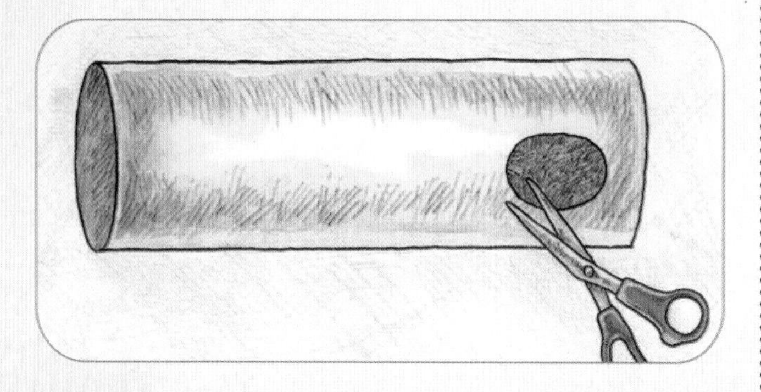

第二步

在纸筒一侧靠近边缘的地方剪一个小洞，这样你的大拇指就可以从这个小洞里伸出来。

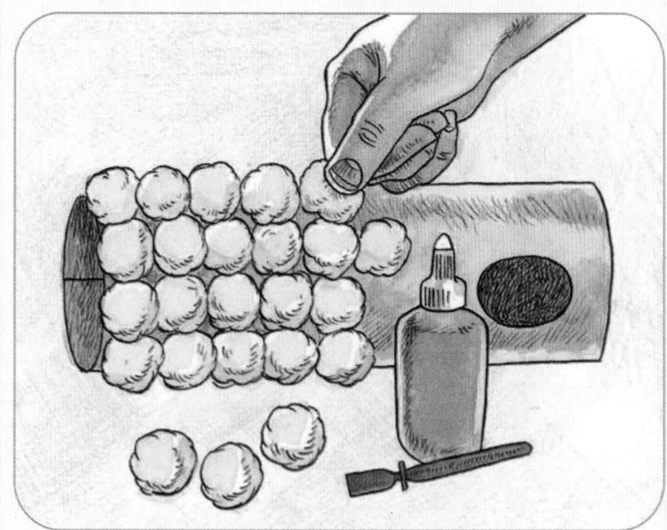

第三步

把一些棉花卷成小球，然后把这些棉花小球整齐地粘到纸筒的外壁上。

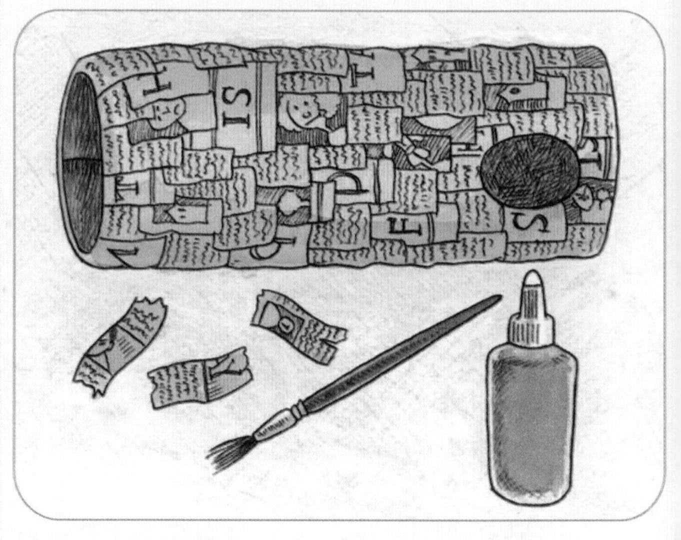

第四步

把旧报纸撕成小条粘到棉球上，粘纸条时一定要让纸条互相交叠，这样在纸筒外就会形成一个柔软的保护层。然后，在报纸上刷上粘墙纸用的胶水或糨糊，置于一边，让其干透。

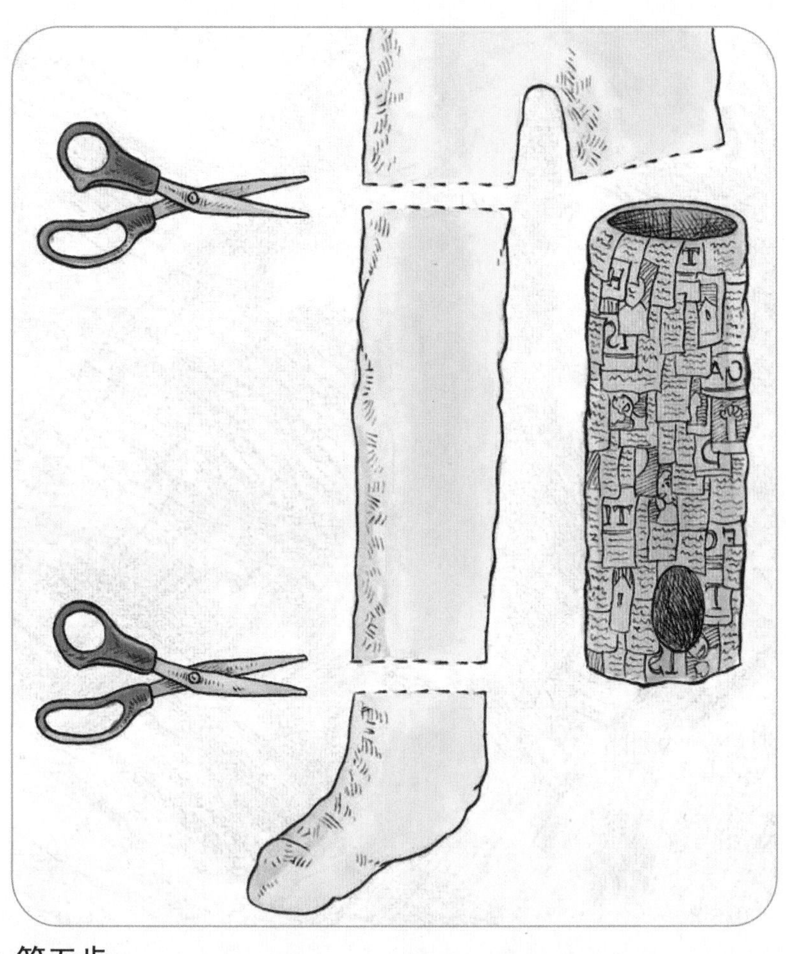

在剪掉你妈妈或姐妹的紧身裤之前，最好问问她们还要不要那条裤子。

绝 招
让你的伙伴们在你的仿真手臂石膏模上写些类似于“快点好起来”的留言，并且签上他们的大名（或者你也可以模仿他们的笔迹自己写），这样就更像真的了！

第五步

找一条紧身裤，剪下其中的一个裤管，如果有袜子，把袜子部分也剪掉，它的长度正好可以套住你已经做好的纸筒，两边再稍微留出一点富余，之后在可以露出大拇指的地方剪出个小洞。这样就可以把它套在做好的纸筒上了，再在它的上面刷一层胶水或糨糊。（注意露大拇指的两个小洞要对准）

第六步

在等待胶水彻底干透时，你可以把刷子洗干净，然后用刷子蘸上白色颜料，在干透的纸筒上刷一遍或两遍，作为最外层的装饰。

扑克戏法

所有你需要准备的就是一副完整的扑克并反复不断地练习。这些扑克戏法还没被演砸过呢！

通灵扑克

通过猜出别人心中正在想着的牌，让他们相信你可以看透他们的心思。

所需技能：超强的记忆力

方法

首先，从左向右发牌，共发4行3列12张牌，红色牌与黑色牌的布局按下图所示（红色牌与黑色牌的大小无特别要求）。

要想让别人认为你变的戏法是真的，你必须在别人不注意的时候（即变戏法之前），将这副牌最上面12张牌的顺序排好，这样你在发牌时，就能摆出所需要的布局。从最上面的一张牌开始发，发牌的顺序必须是黑、红、黑、黑、红、红、红、红、黑、红、黑，黑。

让你的朋友随便选一张黑色牌，在他选牌时，你不能看着他，同时要提醒他不要用手指指出那张牌。现在告诉他，让他在心里移动这些牌（最好把这些移动的步骤背会，这样你就不用总是看这本书）。

1. 让你的朋友将他选出的那张黑牌向上或向下移动到离它最近的红牌处；
2. 现在，让他向左或右移动到最近的黑牌处；
3. 然后，让你的朋友再将牌沿对角线移动到最近的红牌处；
4. 最后，让你的朋友向上或向下将牌移动到最近的黑牌处，并且盯住这张牌。

无论你的朋友最初选择的是哪张牌，他最后盯住的一定是底部最后一行中间的那张牌。所以，当你指出这张牌时，一定要假装你读出了他的心思才找到了这张牌。这时，他一定会认为你是个通灵之人！

举例说明

比如你选用了以上这12张牌，如果你的朋友选出的第一张牌是梅花Q，移动的步骤如下：

1. 梅花Q向下移动到方块Q的位置；
2. 方块Q向右移动到黑桃9的位置；
3. 黑桃9沿对角线向上移动到红桃3的位置；
4. 红桃3向下移动到梅花J的位置。

当你揭开谜底是梅花J之前，给这个戏法加点神秘色彩，你可以装出一副“这张牌可真难找啊！”的痛苦表情，过一小会儿，比如说15秒钟，你再选出这张牌，啊，你成功了！

魔力数字

在“魔力数字”这个戏法中，你将变得很有魔力，你能够猜出你朋友拿起的那张牌上面的数值。看起来像魔术，但实际上，它就是简单的数学问题。

所需技能：数学基础知识。

方法

拿到一副牌，将牌中所有的10、J、Q和K全部挑出，A留下，它代表数字1。

1.请你的朋友洗牌，他认为洗好后将牌给你，你将牌面朝下，像扇子一样打开，让你的朋友随便抽出一张牌，告诉他不要让你看到这张牌是什么，然后让他记住这张牌的数值，并将牌再插回你拿着的一摞牌中。

2.现在让他做如下几步：

a.将牌的数值增加一倍；

b.在加倍所得的数值上加5；

c.用上面得到的数再乘以5。

3.告诉他记住这个最后算出的数值。现在，让他再选一张牌，将这张牌的数值与刚才记住的数值相加（数学并不像想象中那么难，但是如果需要的话还是准备一支铅笔和一张纸）。

4.让他告诉你他算出的最后结果，然后你用心算将这个数减去25，你最后得出的这个两位数正好是你的朋友所选的那两张牌的数值。

举例说明

在此举一例，你就可以更清楚地知道怎样玩：

如果你的朋友抽出第一张牌的数值是5，加一倍就是10，然后加5得15，再乘以5得75。比如你朋友抽出的第2张牌是8，那么他必须用75加8得83。你只要用83减去25，最后得出58这个数值，那么5和8正好是你朋友选出的那两张牌。

闪电手指

用你的“闪电手指”，你就能猜出你朋友选择的那张牌，练习这个扑克戏法最实用的方法就是“熟能生巧”，因为这个戏法完全依赖于巧妙的手法。

所需技能：灵活的手指。

方法

将牌洗完后整理成一摞拿在手中，一定要记住最下面的那张牌是什么。记牌的方法也很简单，在你洗牌时，注意一下最后落在桌面上的那张牌就可以。

1.将牌面朝下拿在你的左手中，用拇指和另外的四指将牌夹紧；

2.用右手的拇指握住牌的底部，其他四指放在顶部，夹紧。你的右手现在放在牌上的感觉看起来就像要把整副牌都发出去一样。

3.用你右手的手指从牌的顶部，将牌向后翻起，一张一张翻，直到你的朋友说“停”。

4.将你已翻起的那摞牌用右手的四个指头卡住，同时用右手的大拇指将整副牌最下面的那张牌（即你事先记住的那张牌）抽出并放在已经翻起的那摞牌的最下面。这项技能的最高境界就是当你用手指翻牌时，你的大拇指已经在将整副牌最下面的那张牌慢慢往外抽。

5.现在将翻起来的那摞牌举起来，这样你的朋友就可以看到最下面的那张牌，而你看不到。（你也无须看到这张牌，因为你已经知道它是什么了。）假装找牌的过程很艰难，突然你用整副牌有力地撞下脑门，然后自信地说出你朋友选择的那张牌是什么。

个性装扮

你想在你自己的房间独处而不被打扰吗？尝试做个极具个性的“请勿打扰”牌吧。一旦你把它挂在门外，你就可以利用这段难得的清静时光做个超酷的相框笔桶了。

“请勿打扰”牌

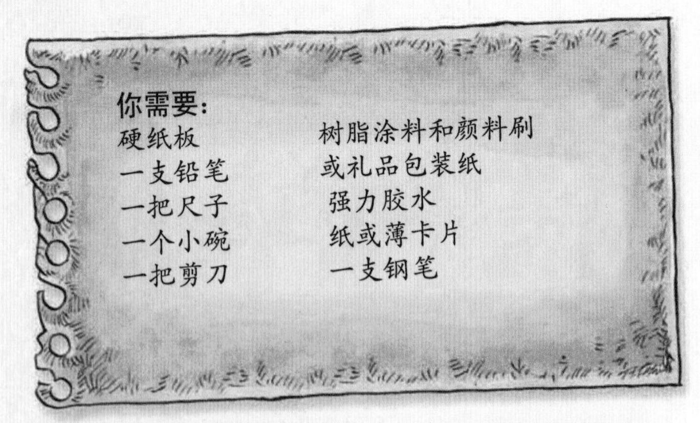

你需要：

硬纸板	树脂涂料和颜料刷
一支铅笔	或礼品包装纸
一把尺子	强力胶水
一个小碗	纸或薄卡片
一把剪刀	一支钢笔

第一步

用尺子和铅笔在硬纸板上画出两个12cm×12cm的正方形和一个12cm×28cm的长方形，然后按形状用剪刀剪下来。

第二步

选其中的一张正方形纸板，离每个角2cm处画一垂直线，然后离底部2cm处画一条水平线。再擦掉那些多余的线条，直到你看到纸板上出现一个“U”形，然后用剪刀把“U”形剪出。

第三步

把小碗扣在长方形纸板的顶部，用铅笔沿着碗沿画一个半圆，之后用剪刀把两个边角剪掉，再沿半圆形画线，剪出这个半圆形。然后，在半圆形稍微向下一点处，画一个直径为5cm的圆。

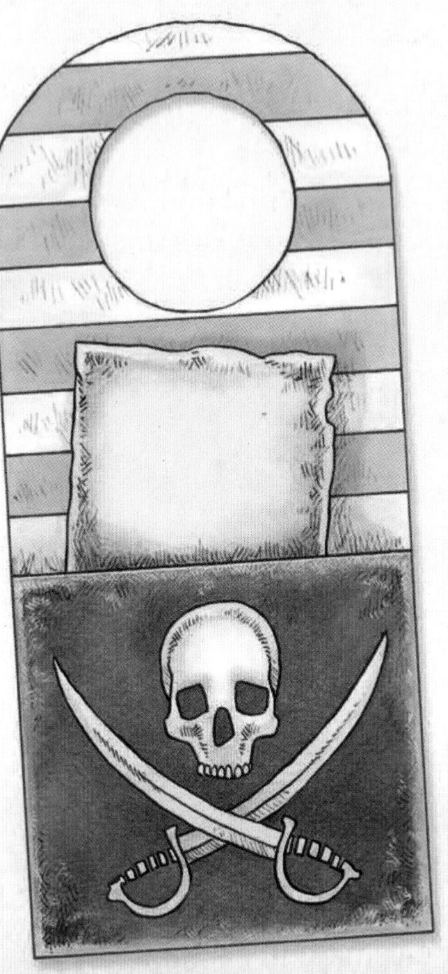

第四步

现在可以给这三个纸板涂颜色了，此处展示的是一个以海盗为主题的设计图案。

第五步

待颜料晾干后把这三个纸板用胶水组合到一起。把“U”形的那一张（图1）粘到长方形（图3）那张的下方，然后再把另一张正方形（图2）粘到“U”形纸板上。

第六步

让胶水干透。找一张纸或卡片写上大大的字“请勿打扰”，然后放在你做好的那个门牌的小口袋中，这个极具个性的门牌就大功告成了。

CD相框盒

第一步
把照片插到每个CD盒的正面。

第二步
把两个CD盒打开，让它们垂直站立摆成一个立方体形状。然后在接口处抹上胶水，把它们粘到一起。

第三步
胶水干透后，把它放在一张纸板上，沿着它的外沿用铅笔画出轮廓，然后在另一张硬纸板上画出内沿的轮廓，用剪刀剪出这两个正方形。

第四步
在大正方形纸板的一面上均匀涂抹一层胶水，把粘好的CD架放在上面，对齐边缘后，用力下压，让其粘牢。

第五步
在那个小正方形纸板的一面上均匀涂抹一层胶水，然后把有胶水的一面朝下，慢慢放入CD架中，粘到大正方形纸板上，稍微按压使其粘牢。

它可不仅是个相框，你还可以用它来储存东西。

“致命”的生物

你知道下面描述的这六种生物的共同特点是什么吗？它们全都有毒！从有毒的黏液到致命的口水，这些生物都拥有世界上最可怕的致命手段。

恐怖毛毛虫

这种长得像条棕色尾巴的毛毛虫，是一个毛茸茸的“恶魔”。春天时，它能把它所经过的树木和灌木丛中的叶子一扫而光，而且还将自己的毛撒落一路。它的毛很可怕，因为毛会随风飘散，一旦落到人的身上，毛就会刺痛人的皮肤，引发皮疹，使人头痛、呼吸困难。

原产地：欧洲和北美地区

投毒冠军——“黑寡妇”蜘蛛

被“黑寡妇”亲一下，那将是世界上最致命的亲吻。它会使你全身肌肉疼痛，紧接着就会出现痉挛、恶心和失眠等症状，要想彻底恢复，至少需要数月时间。小孩被叮咬后危险最大，因为他们年龄小，身体抵抗力弱，毒素扩散后会在他们的体内产生更严重的后果。现在，你已无须飞越重洋，亲自来到美国或加拿大，一睹“黑寡妇”蜘蛛的真面目，因为它们已经搭乘旅客的行李箱这个便车，远赴瑞典旅行了！

原产地：美国和加拿大

不讨人喜欢的鸭嘴兽

鸭嘴兽长得憨态可掬，让你不禁想去抱抱它，但是它可有一个不可告人的小秘密。雄性鸭嘴兽后足有刺，内存毒汁，喷出后足以杀死一只猫。假如你被鸭嘴兽刺了一下，那就等着剧痛无比吧！首先伤口处会肿大，接着毒液的毒性开始沿着你的四肢扩散，之后慢慢扩散到全身，最后你的身体就会像一个吹鼓的气球，疼痛也会随之加剧，你会感到恶心，甚至晕厥过去。

原产地：澳大利亚和坦桑尼亚

懒惰的黄貂鱼

假如你正悠闲地躺在床上想着你自己的美事，这时突然有人上来踩你一脚，你会怎样？黄貂鱼就会遇到这样的麻烦。黄貂鱼是一种扁平的、长得很滑稽的鱼，它大部分时间都平静地躺在海底。如果有人不巧刚好踩到正在休息的黄貂鱼身上，它必定会迅速防御。它会竖起它的倒钩尾使劲往人腿上抽打，并且通过钩子将毒液注入人的体内。被刺到时，你很可能感觉非常疼痛，但是别担心，这不会置你于死地。因此，在温暖的浅水区行走时，一定要多加小心。

原产地： 温暖的海滨地区，如澳大利亚和加勒比海

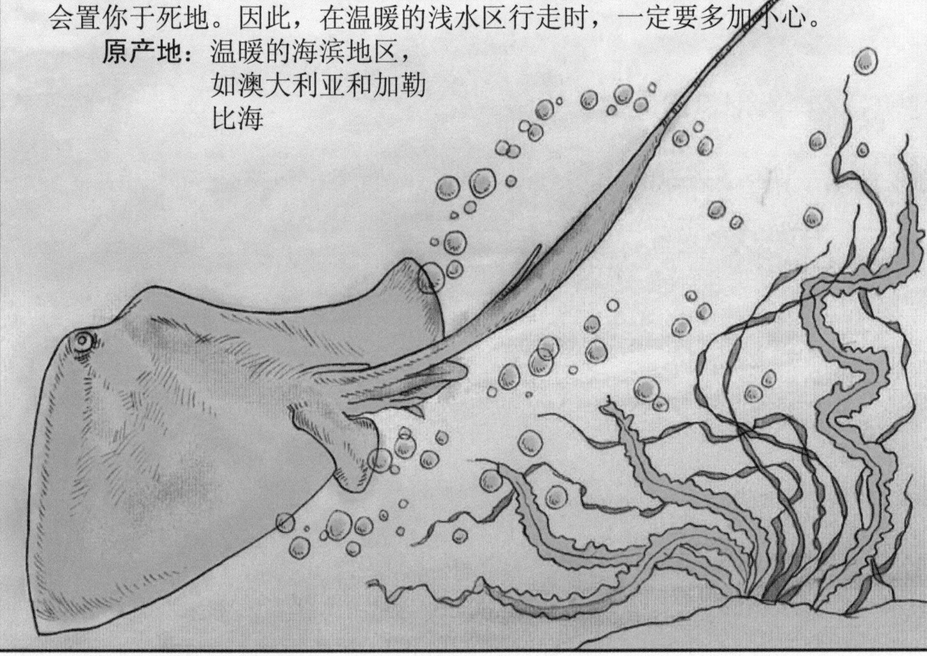

毒性箭头蛙

箭头蛙长得小巧可爱，而且身体颜色丰富多彩，它们被誉为热带雨林的超级明星。但是，你可别想去触摸它们，因为它们的皮肤上有一层黏黏的毒汁。跟动物世界中许多有毒的动物一样，它们的毒汁也只是作为一种防御的工具。几个世纪以来，丛林中的捕猎者一直使用这种蛙的分泌物（毒汁）捕猎，捕猎者将分泌物抹在箭头上，用以麻醉自己的猎物。

原产地： 美洲中部和南部

令人作呕的短尾鼠

这种小小的、样子可爱的啮齿动物，看起来连只苍蝇都不会伤害，但是你错了。它会毫不犹豫地杀死一只蛞蝓（俗称鼻涕虫），一只青蛙或一只蝾螈作为自己的午餐。这种短尾鼠的唾液是一种特殊的毒液，它可以使猎物处于瘫痪状态，而不会毒死猎物。这种狡猾的办法，可以让食物保鲜5天之久，想何时吃就何时饱餐一顿。它的毒液不至于要人命，但是被它咬一下，还是会很疼啊！

原产地： 北美地区

你知道吗？

毒液和毒汁都是有毒液体，是由植物或动物自身产生的，可以伤害其他植物或动物。两者最大的区别就在于它们输出的方式不同。毒液是指直接注入血管中（如蛇毒）发挥毒性，但是毒汁是通过接触或吞咽之后起作用。

纸牌游戏

同花接龙

这种纸牌游戏的目标是把手中的牌全部出光。你或许认为自己已经猜出谁会赢，但是不然，因为那些被赋予神奇力量的纸牌可以瞬间改变牌局的乾坤。

玩家人数：人数不限，但如果人数是7人或7人以上，你就需要两副牌。

游戏规则详解

拿到一副牌后，先洗牌（在下一页你可以学到别具一格的洗牌方法）。发牌者先给每位玩家发7张牌，然后把剩下的牌面朝下，摞成一摞放在桌上，再将最上面的一张牌翻过来，面朝上放在这摞牌的旁边。

坐在发牌人左侧的玩家先行出牌，他必须出一张和桌上亮出的那张牌同一花色的牌（注：1副牌中有4种花色，分别是梅花、黑桃、红桃和方块）或大小相同的牌。因此，如果那张翻过来的牌是梅花6，玩家必须出一张6或一张梅花。如果玩家没牌可出，他就必须去那一摞牌中取牌，直到摸到可以出的牌。接下来，他左边的那位玩家继续按上面的规矩出牌。

游戏可以一直继续下去，但是要注意，玩的过程中会出现一些有特殊“能力”的牌，这些牌可以瞬间改变牌局。如果一位玩家打出如下这些牌，那么游戏将会出现新的规则。

◆ 一张2

这张牌意味着下一位玩家必须取两张牌，除非他也打出一张2，才可以不取牌，但是挨着他的下一位玩家就必须取4张牌。如果这位玩家也打出一张2，再下一位玩家就得取6张牌，2的倍数会不断增长，直到有一位玩家再也打不出这张牌。

◆ 一张7

这张牌可以让玩家将他手中所有同一花色的牌都打出去。

◆ 一张8

下一位玩家停出一轮牌。

◆ 一张黑J

下一位玩家必须取5张牌，除非这位玩家能打出一张红J，因为红J可以和黑J相抵消。然而，如果这位玩家也打出一张其他的黑J，挨着他的那位玩家就必须取10张牌。除非这位玩家也有一张红J，只有在这种情况下，他无需再取任何牌，游戏继续。

◆ 一张王

出牌的方向需进行改变。

◆ 一张A

这张牌可以在任何时候打出，出这张牌的玩家有权决定下一位玩家必须出什么花色的牌。

如果桌上的一摞牌在游戏进行当中用完，可以使用已经打出的那摞牌接着玩（除了那张刚打出的面朝上的牌），但需要将这些牌重新洗一下，然后面朝下放在桌上继续游戏。

怎样算赢家

当一位玩家手中就剩最后一张牌时，他必须大声敲桌子。如果他不这样做，下一轮他就不能出这张牌，反而还得取一张牌。一个玩家手中的牌全部出完时，他就是赢家。

钓　鱼

游戏的目标是收集大小相同的所有纸牌，比如所有的7或所有的J，能记住谁曾经出过什么牌，对你赢牌绝对有帮助。

玩家人数：3至7人。

游戏规则

发牌人先给玩家每人发5张牌，剩下的牌面朝下放在桌上。

从发牌人左边的玩家开始游戏，他必须向其他玩家们叫某一张特定大小的牌，比如：6。叫牌的人手中必须至少有一张他叫的牌，如果其他玩家手中持有同样大小的纸牌，那他们必须把牌给叫牌的玩家。这时，叫牌的玩家就可以继续叫牌。

“钓鱼”

如果有的玩家手中没有所叫的牌，他就会说“钓鱼”，那么叫牌的玩家就必须去桌上的那一摞牌中取牌，且必须取最上面的那张牌。如果取回的牌正好是所需要的牌，那么叫牌的玩家要将这张牌展示给其他的玩家。然后就可以开始新一轮的叫牌。如果取回的不是想要的牌，那么叫牌的玩家就得把它留下，然后将叫牌权让给喊“钓鱼”的玩家。

“书”

当一位玩家集齐了同一大小的所有纸牌，这几张纸牌就形成了一本“书”，然后面朝上放在桌上。游戏继续，直到每位玩家手中的牌已全部被打出，或者桌上的纸牌已全部用光为止。谁的“书”最多，谁就是赢家。

时尚洗牌法

这种洗牌方法叫做快速洗牌法，要想玩得好，你必须反复练习。

1. 将一副牌分成厚度基本相等的两份（无须数出每摞有多少张牌），左手拿一摞牌，用拇指卡在顶部，中指卡住底部，右手用同样的方法拿住另一半牌。

2. 将这两摞牌面朝下拿好，互相挨近，并且稍微离开桌面一点点。

3. 然后将食指弯曲，用关节抵在牌上，拇指和中指向上用力使牌形成一个弧度，之后拿好牌在桌上墩齐，此时将拇指慢慢松开牌的顶部，牌将依次落在桌上，中指仍将牌抓紧。在牌下落的过程中，左手握着的牌先落于桌面，右手握着的牌紧跟着落在它的上面，持续此动作，直到左手和右手中的牌全部张张交叉落于桌面。

4. 小心将牌拿起，一手一摞，将拇指放在每摞牌的上面，并将其他手指放于牌下，让每摞牌都向上弯。

5. 最后，牌下的四指放开，拇指向下推，同时让你的手掌向里压，保证牌不会松散，这些牌就会从你手中弹出，像泉水一样汇集在一起。

挣点零花钱

用这个家务活费用一览表加上你的特殊工作才能一定等于源源不断的零花钱。

你身为男孩当然需要额外的零花钱，而你的父母也总是有那么多的家务需要有人做，解决这两个问题有个绝妙对策，那就是：你来干活，父母付费。但是要注意——你的父母很可能会说，你是家里的一员，你有义务帮助你的父母做家务。那么此时你要怎样做才能改变他们的这种想法呢？最好的办法就是告诉父母，你是真心诚意地想帮他们做更多的事情。下面就教你怎么做：

1. 做一个表列出你的家人最不愿做的所有家务活。
2. 给每一种家务活标出分值或难度指数，从1到10（指数1表示比较容易做的家务，指数10表示所有家务中最令人头痛的家务）。
3. 跟你的父母协商出做每一件家务时他们需要付出的费用，付费的依据是难度指数值的高低。
4. 把这些工作及难度指数、费用等写在一张纸上，做成一个一览表（如右下表所示）。当然在表中还要留出你打“√”的地方，每次你做完一件家务，就可以在相对应的位置打“√”。
5. 当这张表上所列家务活的后面都打上了“√”，你就可以把难度指数全部加起来，然后拿着这张一览表，跟你的父母兑换成现金了。如果想赚更多的零花钱，那就从头再做一遍吧！

在你们家，洗车能得多少钱？

工作	难度指数	费用	打√
打扫兔窝或猫屎盘	4	—	○
装卸洗碗机	2	—	○
花园除草	6	—	○
洗车	6	—	○
房间吸尘	3	—	○
擦鞋	2	—	○
清洁厨房地板	4	—	○
修理自行车	5	—	○
遛狗	2	—	○
给狗洗澡（很臭的狗）	10	—	○
总计		—	

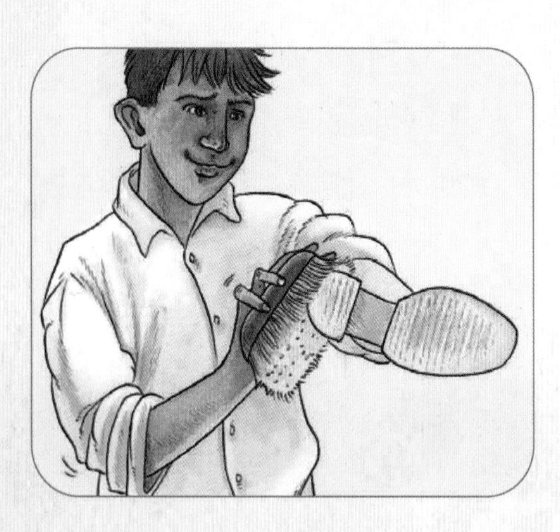

票面价值最高的纸币

迄今为止，银行发行的票面价值最高的纸币是1934年美国发行的100,000元一张的纸币，它实际上是一种兑换黄金的凭证，这张纸币的正面印有威尔逊总统的头像。这些纸币从未被用做日常流通货币，而是银行在做官方生意时才使用的货币。理论上讲，它们与黄金等值，因为可以用它们兑换成等值的金条。

对于全世界的男孩来说，没有比口袋里塞满钱更为荣耀的了。如果你置身于下列国家，你将会得到这样的钱……

中国

中国人发明了很多东西，其中包括“现金”一词，它是指圆形方孔钱。这是因为中国古代的硬币中间都有一个方形的小孔，因此可以用一根线将它们串起来以便携带。

如今中国的货币被称为“人民币”，意思是“属于人民大众的钱”，它的主要计算单位是“元”。

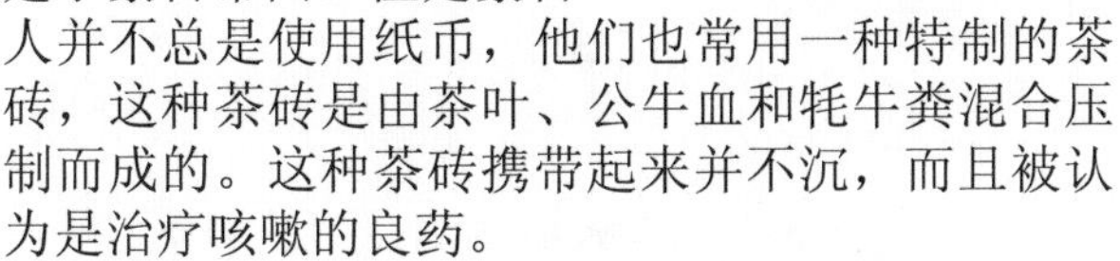

蒙古

蒙古国的货币叫做“图格里克（Tugrug）”，在所有纸币的正面都印有成吉思汗的头像。成吉思汗是一名伟大的勇士，他创建了蒙古帝国。但是蒙古人并不总是使用纸币，他们也常用一种特制的茶砖，这种茶砖是由茶叶、公牛血和牦牛粪混合压制而成的。这种茶砖携带起来并不沉，而且被认为是治疗咳嗽的良药。

委内瑞拉

这个位于南美洲的国家所使用的货币是世界上颜色最鲜艳多彩的货币之一。纸币被称为“博利瓦”，是由五颜六色的彩虹组成的。纸币正面印有委内瑞拉著名人物的美丽照片，反面印有生活在本国的动物的照片。这些动物中包括一些珍稀动物，比如美洲哈比鹰、巨大的犰狳和眼镜熊。

巴西

巴西的货币被称为“雷亚尔”。过去巴西的通货膨胀非常严重，比如说某一年买一袋糖要花10雷亚尔，那么第二年买这袋糖就要花1,000雷亚尔。当商品变得越来越贵时，银行不得不降低货币的价值，并且重新给货币定价，以使经济能够正常运转。这样的情况不断在巴西上演，以至于现在的1雷亚尔等于七十年前的2,749,025,730,000旧雷亚尔（即两万七千五百多亿雷亚尔）。

你知道吗？

- 2008 年，津巴布韦的物价增长过快，以至于政府不得不发行票面值为一百亿元的纸币（是的，就是10,000,000,000元）。
- 1971 年以前，英国使用一种与现在不同的货币体系，其中有许多名字滑稽的硬币。比如“半个皇冠”相当于30 磅、一个先令相当于5 磅，一个便士相当于0.1 磅，想想今天你用一个便士能去买到什么？
- 现在可以找到一箩筐关于钱的俚语——尝试使用澳洲大白鸽、楔子、面团或者多什来表达钱吧！

“便便”也疯狂

如果你把牛粪状的乳脂糖和马屎一样的巧克力饼干拿给你的朋友吃，他们绝对会臭骂你一顿！如果你再当着他们的面吃上一个，他们一定会认为你是个大变态。

警告：当你使用烤箱或烤炉时，请大人帮忙。记住只要你拿热的东西，你都需要戴厨房用隔热手套。

“牛粪”乳糖

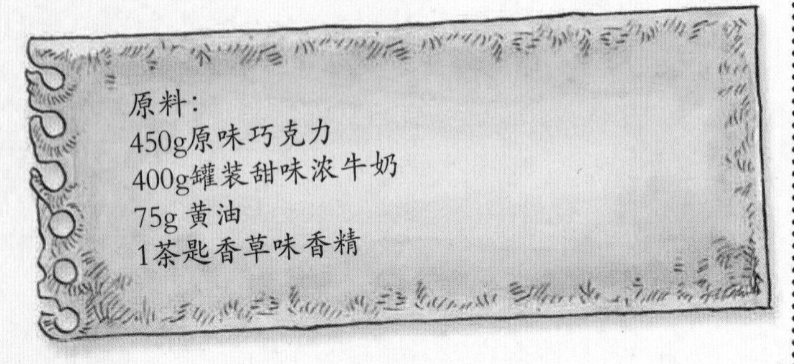

第一步

准备一个烤盘，并且在盘中放一张防粘的烘烤纸。

第二步

将巧克力切成四方块，放入一个大的深平底锅中，之后加入牛奶和黄油。用中火加热，不停搅拌，直到所有原料完全溶化成为糊状，切记不要煮沸。

第三步

把锅从火上移开，加入香草味香精继续搅拌，搅匀之后让浆体自然冷却10分钟。

第四步

用一个中号的餐勺舀出巧克力浆，一团一团放在准备好的烤盘上，这时就要发挥你的艺术才能，使它们看起来更像牛粪。做完后放入冰箱，冷藏至少一小时或直到它们全部凝固。

“马屎”巧克力饼干

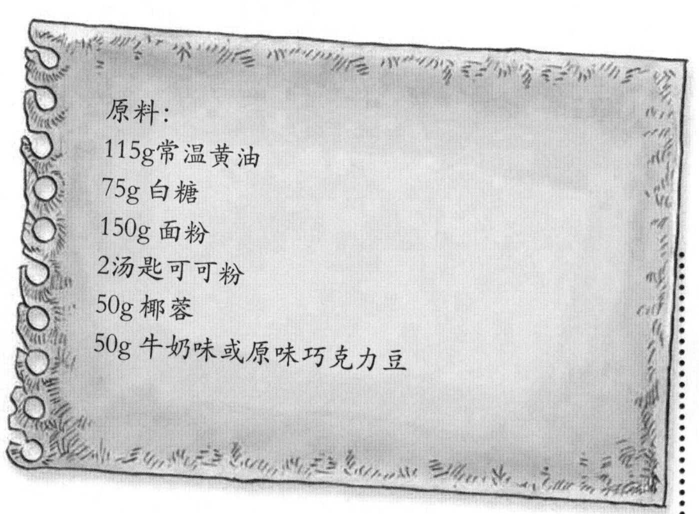

第一步

首先将烤箱预热，温度调到180℃，然后在烤盘上薄薄地抹一层黄油或轻轻刷一层食用油。

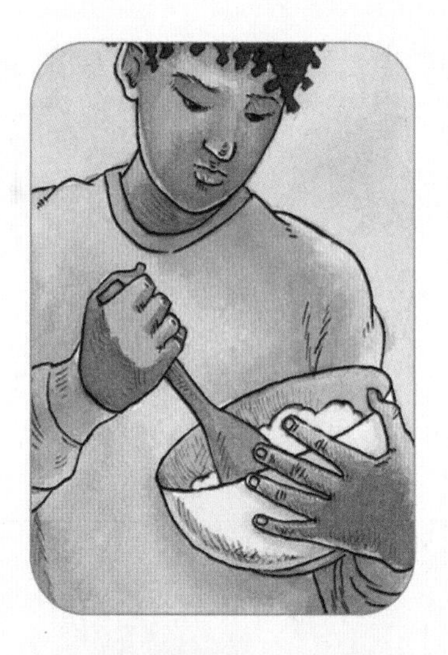

第二步

将黄油和白糖放入一个碗中，用木勺搅拌打匀，直到黄油变得非常蓬松。

第三步

把面粉和可可粉过筛放到一个较大的碗中，加入刚刚打好的黄油搅拌均匀，再加入椰蓉和巧克力豆，将这些原料和成一个较硬的面团。

第四步

揪一小块面，用双手揉成核桃大小的球，并把小球摆放到抹过油的烤盘中。

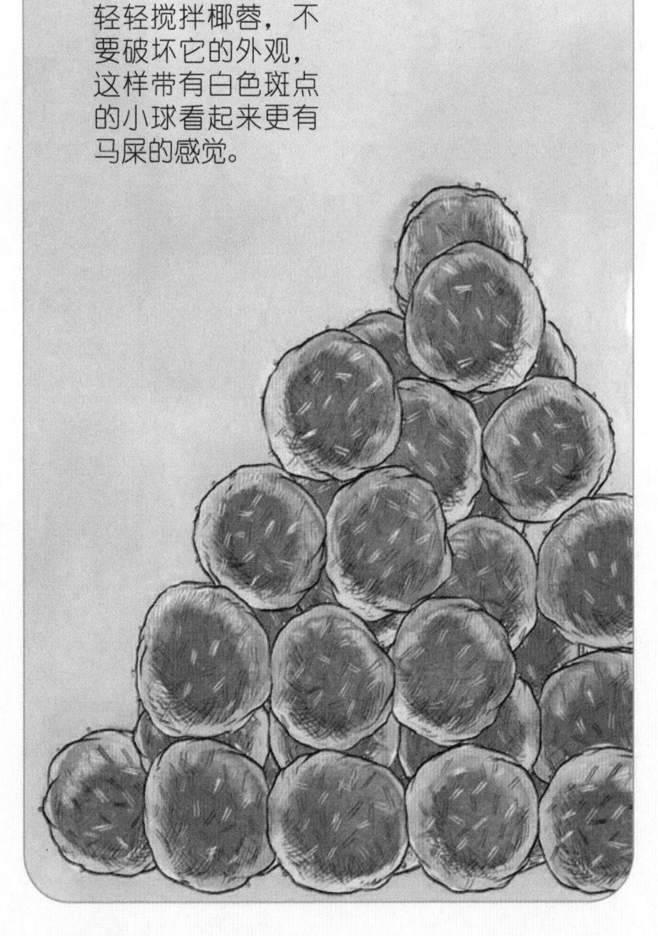

第五步

烘烤10～12分钟直到饼干变硬成形。拿出自然放凉几分钟，之后再把饼干转移到另一个金属托盘上，让其完全变凉。

古文字玄机

先用这些北欧斯堪的纳维亚人的古文字字母拼写出你的名字，然后再把这些古代的字母亲自动手做成小石头，最后你就可以学会怎样使用这些小石头来预测你的未来了。

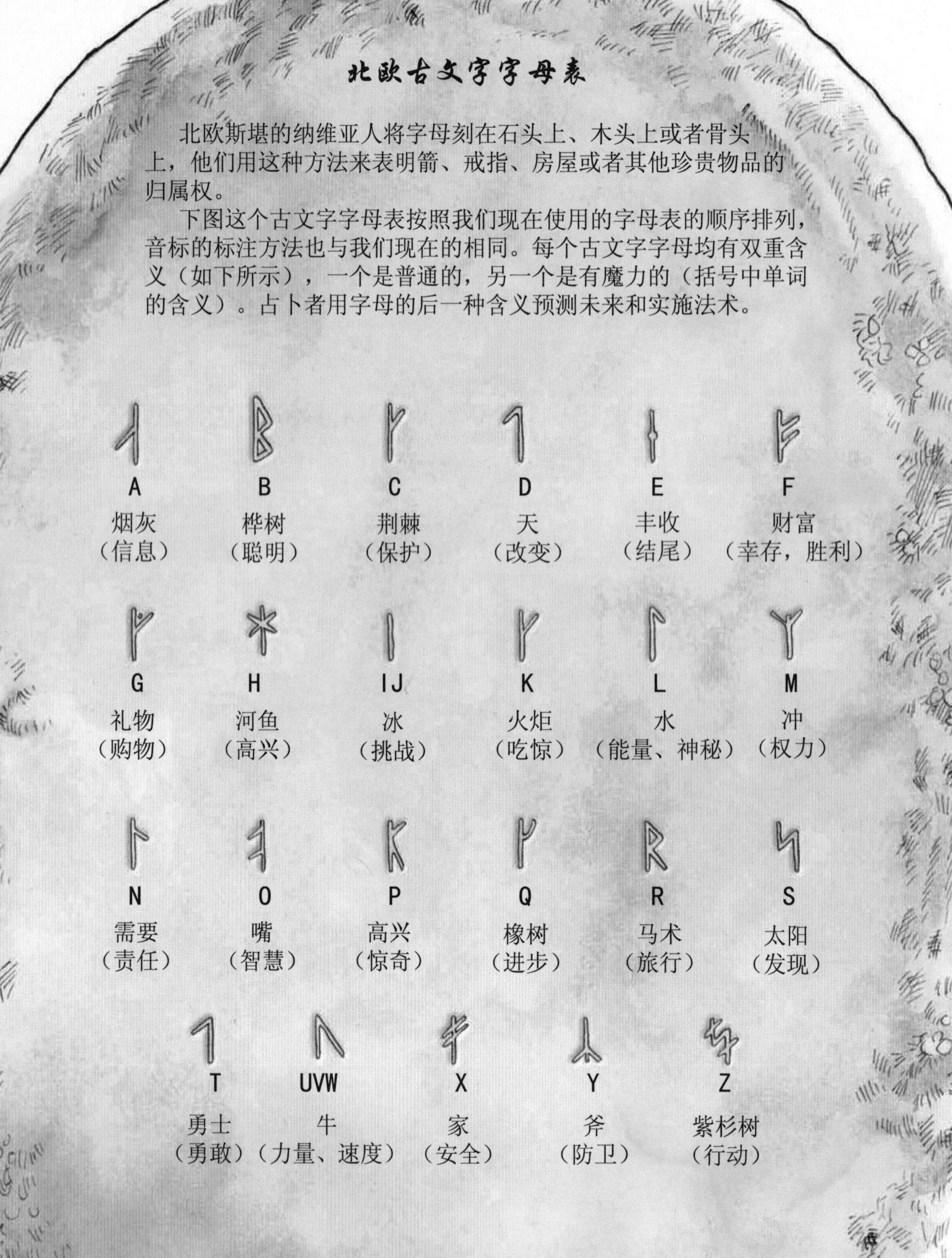

北欧古文字字母表

北欧斯堪的纳维亚人将字母刻在石头上、木头上或者骨头上，他们用这种方法来表明箭、戒指、房屋或者其他珍贵物品的归属权。

下图这个古文字字母表按照我们现在使用的字母表的顺序排列，音标的标注方法也与我们现在的相同。每个古文字字母均有双重含义（如下所示），一个是普通的，另一个是有魔力的（括号中单词的含义）。占卜者用字母的后一种含义预测未来和实施法术。

字母	普通含义	魔力含义
A	烟灰	（信息）
B	桦树	（聪明）
C	荆棘	（保护）
D	天	（改变）
E	丰收	（结尾）
F	财富	（幸存，胜利）
G	礼物	（购物）
H	河鱼	（高兴）
IJ	冰	（挑战）
K	火炬	（吃惊）
L	水	（能量、神秘）
M	冲	（权力）
N	需要	（责任）
O	嘴	（智慧）
P	高兴	（惊奇）
Q	橡树	（进步）
R	马术	（旅行）
S	太阳	（发现）
T	勇士	（勇敢）
UVW	牛	（力量、速度）
X	家	（安全）
Y	斧	（防卫）
Z	紫杉树	（行动）

古文字的魔力

北欧斯堪的纳维亚人认为在武器上刻上文字可以赋予武器超能力，并且可以避开邪恶，这些古文字可以预测未来，并且还能用超能力扭转乾坤。所以，当军人们在奔赴战场之前、当首领们在做出决定之前，或者当人们在面临选择难以取舍时，人们都愿意用这些古文字来占卜吉凶，寻求帮助。

制作属于自己的魔力石

收集23个大小基本相同、扁平而且发白的鹅卵石，当然能在海滩或花园中找到合适的鹅卵石是最理想不过的了。然后找一支用来在CD上写字的记号笔，将23个古文字字母依次写在每块石头上。

投掷古文字

将写有你名字的小石头包在一块手绢中，然后好好摇一摇，再把它们撒在一块平整的地方（如木制桌面），这个过程就叫“投石子”。找到所有文字朝上的石头，并把它们的魔力含义写下来，这些含义很可能就会提示你未来将要发生什么。

你也可以借助这些古文字来帮你许下心愿或者找到问题的答案。方法是将所有的小石头面朝下摆放，然后在心里集中精力默想你的困境、你的心愿或你的问题，选三个石头（字母），把它们面朝上翻过来，找到字母对应的魔力含义，再把这些含义写在一张小纸条上，你必须一整天都带着这张小纸条，因为它们的超能力会帮你决定如何行动，或者帮你找到答案，甚至告诉你未来会发生什么。

用古文字写出你自己的名字

将相应的古文字字母写在下面的横线上：

....

古文字涂鸦族

能写古文字的人为自己拥有这样的技能而感到自豪，他们太引以为荣了，甚至想让全世界的每个人都知道。在苏格兰马埃什豪（Maeshowe）地区的一座有3000年历史的古墓中，人们发现墙壁上有乱刻的古文字，而这些古文字都是由一群为了躲避暴风雪而在古墓中栖身的斯堪的纳维亚人所刻。

这些文字并非金玉良言，也不是魔力咒语。

他们刻的是：

“此为Haermund Hardaxe所刻。”

“此为西海岸古文字高手所刻。”

这些古代字符代表什么意思？

古代的刀剑上面经常会用古文字做装饰。你能读出这把剑上的古文字是什么含义吗？从剑柄向剑头方向读。答案见第59页。

从左向右读 →

学画超人

要画我，不需要你拥有艺术家的超强能力。只要按照以下简单步骤，用10分钟的时间，你就会画出一个巨大的披着斗篷的超人。

第一步

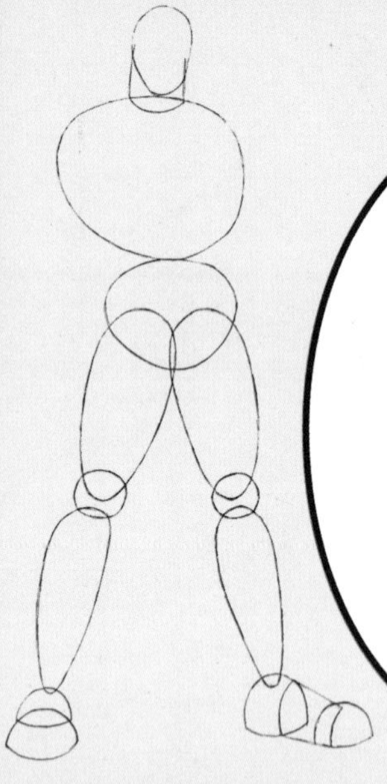

首先画出身体各部分的轮廓。注意胸部的尺寸要与他的两只脚中间形成的宽度相同。

第三步

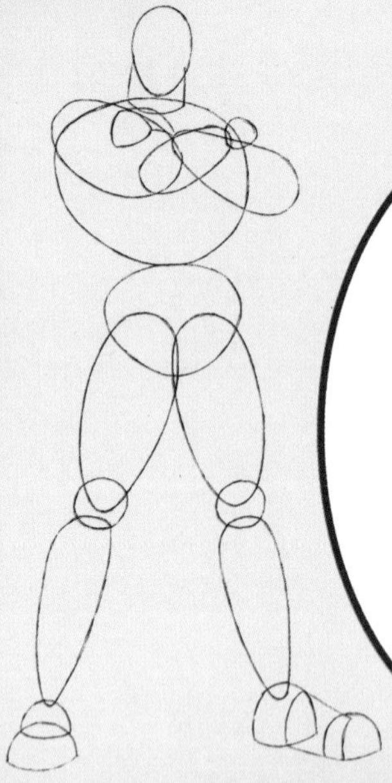

现在画他的另一条胳膊。因为看不到他的上臂，所以只需要画一个大的椭圆来代表他的前臂即可，再画一个小圆圈代表他的手。

第二步

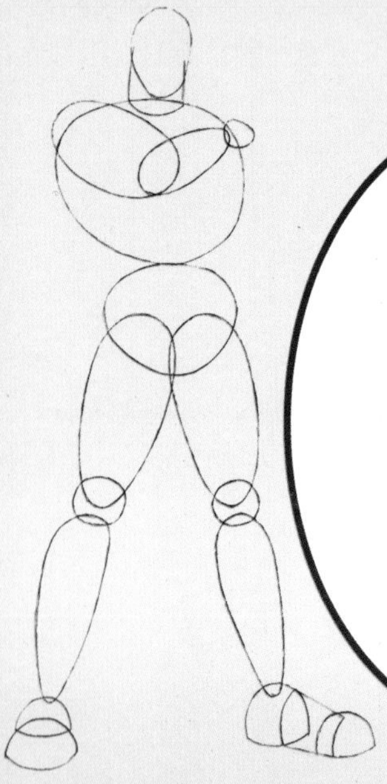

接下来，画两个椭圆做他的右胳膊，再画一个小圆圈来代表手。注意画上臂的椭圆要比画前臂的椭圆稍大。

第四步

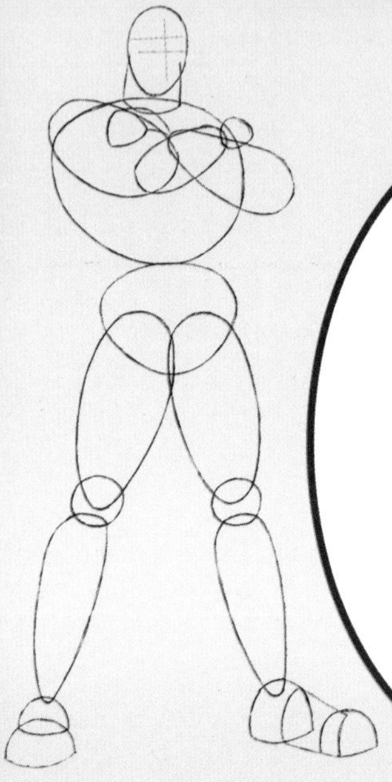

在他的身体和面部轮廓的中心各画一条线。对于眼罩的画法，则是在他脸部轮廓上部2/3处画两条线。不要忘记画两个小耳朵！

第五步
画上带有五角星标志的靴子、腰带和披风。再画上直立着的一小撮短发和短而弯曲的手指。
第六步
现在画阴影部分。从一个角度握着铅笔，并将铅笔轻轻下压，这样就可以画出超人的强壮肌肉。用橡皮擦掉画错的地方，最后上色。
幽默一刻
问：男超人和女超人在天上飞，两人突然掉下来了。男超人从掉落地走开后，地上有一个洞，而女超人从掉落地走开后，地上有两个洞。请问为什么？
答：男超人是头着地，女超人是脚着地。

青蛙那些事

青蛙已经在地球上存活大约有2亿年。它们有足够的时间进化出一些优秀的习惯，但同时也会养成一些糟糕的习惯。

青蛙的生命周期

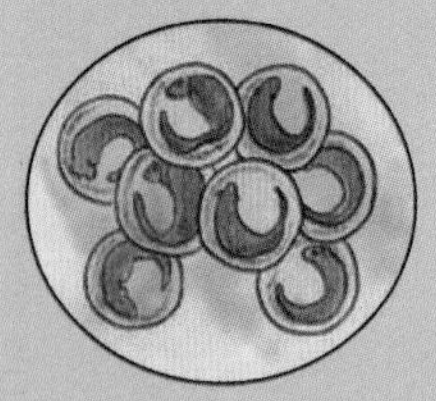

1.蛙卵
春天时，青蛙在水池中产卵。它们一次能产出4,000只卵。一丛卵被称为蛙卵丛。

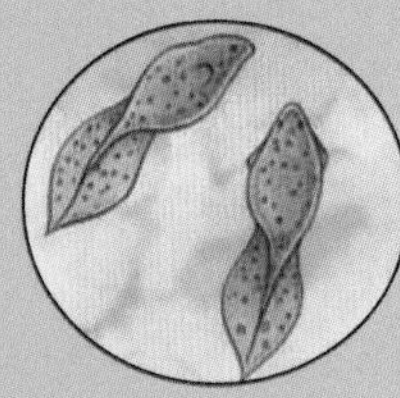

2.胚胎
在每一个卵内，青蛙细胞开始生长，并逐渐长成一个胚胎。

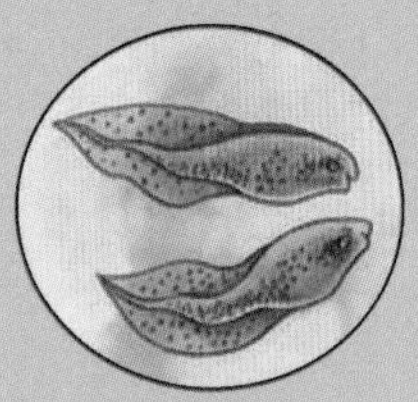

3.蝌蚪
长成的胚胎咬破细胞壁游到水中，成为一只蝌蚪，它有头、嘴和尾巴。

4.长出后腿
蝌蚪在水中开始慢慢长成青蛙，最先长出的是它的后腿。

5.青蛙幼仔
蝌蚪又慢慢长出了前腿和肺，这样它就可以游出水面呼吸空气了，这就是青蛙幼仔。

6.成年青蛙
当青蛙幼仔的尾巴掉落的那一刻，一只真正的青蛙就此诞生了。

神奇的青蛙

冷冻青蛙

大多数青蛙都喜欢在温暖的地方生活，但是林蛙除外。这种喜冷动物主要生活在北极圈，它们可以将自己埋在冰冻的地下待上数周。它们的身体会自己产生葡萄糖，这是一种可以防冻的糖类，它可以使林蛙的身体器官不被冻结。

嘴里长大的青蛙

达尔文青蛙是一种生活在南美热带雨林中的青蛙。它是以发现这种生物的著名自然学家查尔斯·达尔文(Charles Darwin)命名的。这位科学家一直观察着蛙卵，当他看到蛙卵开始要孵化时，他就用勺子把这些蛙卵放到自己的舌头下面，让这些蛙卵在那里孵化。当这些蛙卵长成幼仔后，它们就急匆匆从达尔文的嘴里跳了出来，准备独自面对未来的生活。

幽默一刻

问：青蛙穿什么鞋？
答：蛙嘴鞋！

眼睛帮咀嚼

因为青蛙没有牙齿，所以它得用肌肉咀嚼食物。它们会把食物整个吞下，但是食物往往会被卡住。因此，当青蛙吃东西时，他们会把眼睛沉到头部里面，以帮助将食物推进嗓子下部。

跳跃的庞然大物

巨型格莱尔斯蛙（goliath frogs）生活在非洲西部喀麦隆流速较快的河流沿岸。它的体型就像一只宠物猫那么大（大约30cm长），这还不算它那长得更长的腿，这些神奇的青蛙经常成为青蛙收集者搜寻的目标。但幸运的是它们那绿棕色的皮肤做了很好的伪装，使它们在浓密的灌木丛中很难被发现。

蛙卵果冻

自制属于你自己的可食“青蛙卵”。这种黏黏的、有弹性的零食是春游的完美甜点。

配料：
一袋酸橙果冻
100g原味或奶味巧克力豆

警告：烧开水并把烧好开水倒入罐中时，要特别注意安全。

第一步
把果冻切成小块，放进一个有刻度的玻璃罐中。

第二步
用烧水壶接一点水，烧开。仔细将约100毫升的开水浇在切好的果冻块上，然后搅拌，直到果冻全部溶化开。

第三步
往玻璃罐中加冷水，加到600毫升，注意不要再多加水，以免果冻不能凝固。之后自然放凉。

第四步
一旦果冻变凉，再将其放入冰箱中冷却，直到它变得感觉厚厚的，然后往里面加一些巧克力豆，轻轻搅拌，此时一定要保证搅拌的力度和匀度。

第五步
把搅拌好的果冻倒入一个大盘子中，放入冰箱冷却约两个小时，或自然放凉直到成冻即可。

答案

关于深海鱼的图文搭配(第11页)

1. 体型较大，长着巨大的嘴，并且嘴唇像橡皮一样厚的鲨鱼。
2. 有毒的，圆脑袋的水母。
3. 多腿的，粉红色的深海鱿鱼。
4. 扁平的、身体闪亮的尖脸鱼。
5. 长着尖牙，银紫色的蝰鱼。
6. 黄色、长须的琵琶鱼。

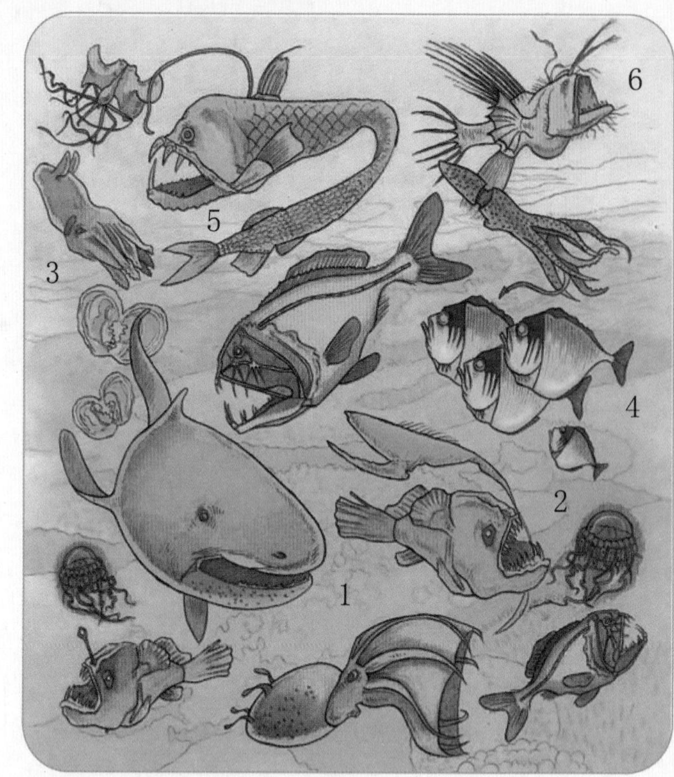

你能逃过海盗的金科玉律吗？(第6～8页)

6～10分：无用的“旱鸭子”
当海盗把你扔进海里之前，你最好赶快恶补一下游泳技术，大副的猴子都比你的水性好。

11～14分：具有船长般的智慧
你绝对具有成为海盗的潜质。只要船长在你身边，你就会安全。注意！没人喜欢一个自作聪明的人，因此注意那些自高自大的水手们。

15～18分：坏到骨子里
当然你水性一流，你天生就是一个海盗。你知道怎样使用海盗绳，并且你还懂得怎么拍马屁让你的头儿感到高兴。恭喜你！

深海拾零

找出十个不同之处(第10～11页)

超强迷宫(第15页)

数独游戏（第16～17页）

初级

3	1	4	2
1	4	1	3
4	3	2	4
2	2	3	1

中级

3	2	1	4
4	1	3	2
1	4	2	3
2	3	4	1

杀手级

3	2	4	1
1	4	2	3
2	1	3	4
4	3	1	2

昆虫数独

比萨派对

比萨的名称（第24页）

下面就是点餐后你可能会吃到的比萨：

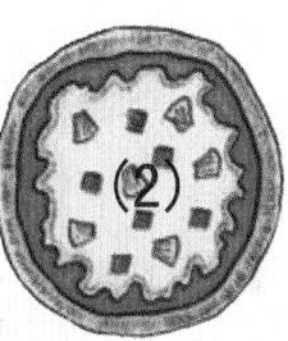

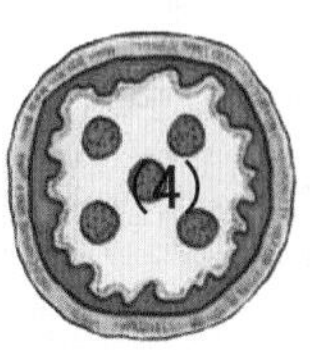

b）玛格丽塔比萨　d）夏威夷比萨
c）菌类比萨　　　a）意大利辣香肠比萨

神奇的汽车

拼词游戏（第34页）

FIAT
RENAULT
FORD
SUBARU
VOLKSWAGEN
MERCEDES
MINI

单词搜索（第35页）

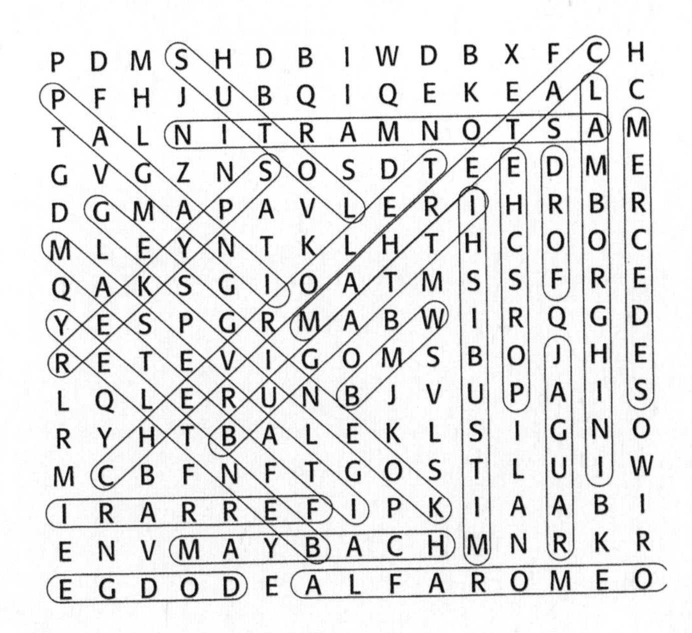

意大利著名跑车的名字是：兰博基尼

读懂古代神秘字符

这些古代字符代表什么意思？（第53页）
答案：伟大的克努特国王

反侵权盗版声明